Enid Blyton®

Hanni & Nanni

Hanni und Nanni im Geisterschloss

Schneiderbuch
EGMONT

verlegt durch EGMONT Verlagsgesellschaften mbH,
Gertrudenstraße 30–36, 50667 Köln

Artwork: © Fotograf: Gordon Mühle/
Mit freundlicher Genehmigung der UFA Cinema GmbH und
Universal Pictures International Germany GmbH
Umschlaggestaltung: Guter Punkt, München
Satz: Greiner & Reichel, Köln
Printed in the EU (675292)
ISBN 978-3-505-13587-3

15 16/8 7 6 5 4 3 2 1

MIX
Papier
FSC FSC® C017859

Inhalt

Wieder zu Hause!

„Herrlich, dass wir wieder hier sind!“ Auf dem Bahnsteig flog Nanni ihrer Mutter um den Hals. „Die letzten Tage im Internat waren kaum noch auszuhalten. Stimmt's, Hanni?“

Die Zwillingsschwester hatte mit dem Vater noch ein paar Gepäckstücke aus dem Zug geholt. „Klar!“, pustete sie. Aber dann wandte sie sich den Koffern und Taschen zu. „So. Mal zählen, ob wir auch nichts vergessen haben ...“

Herr Sullivan schüttelte den Kopf. Seiner Meinung nach schleppten seine Töchter jedes Mal viel zu viel Zeug mit ins Internat und natürlich auch wieder zurück.

„Wird schon nichts fehlen“, lachte er. „Los, kommt! Sicher wollt ihr eure Ferien nicht auf dem Bahnhof verbringen!“ Er nahm die beiden größten Koffer und ging zum Ausgang.

Es dauerte eine Weile, bis das Gepäck im Auto verstaut war. Hanni und Nanni kletterten auf die hinteren Sitze.

„Alles da, alles drin?“, fragte Frau Sullivan.

„Ja!“, riefen die Zwillinge.

Herr Sullivan startete.

Und nun ließ auch Hanni ihrer Begeisterung freien Lauf: „Ach, Mami, ach, also ... Paps, ihr ahnt ja nicht, wie wir uns auf euch gefreut haben."

Frau Sullivan drehte sich lächelnd um. „Glaubt ihr vielleicht, wir freuen uns nicht mindestens genauso wie ihr über das Wiedersehen?"

Zu Hause wurden sie von der Haushälterin Marlis empfangen. Nach der Begrüßung fragte Frau Sullivan gleich: „Ist das Essen fertig? Ich fürchte, Hanni und Nanni sind halb verhungert."

Marlis schmunzelte: „Das hab ich mir gedacht. Es ist alles bereit."

„Dann wascht euch die Hände und kommt!", rief die Mutter.

Bei Tisch erzählten die Zwillinge aufgeregt von ihren Internatserlebnissen.

„Ach, und auf der Heimfahrt in der Bahn", rief Nanni plötzlich, „da hatten wir noch einen Extraspaß."

Hanni lachte laut auf. „Ja, erzähl mal!", drängte sie. „Ich bin gespannt, was Mami und Papi dazu sagen."

Die Mädchen vom Internat Lindenhof hatten wie immer reservierte Bahnabteile gehabt. Darin machten sie es sich gemütlich. An einer der ersten Stationen verließ Jenny, eine der

Schülerinnen, den Zug. Dann holte Bobby ihren Koffer herunter. Sie musste auf dem übernächsten Bahnhof umsteigen. Die anderen vier hingen noch aus dem Fenster und winkten Jenny nach.

Da hörten sie Bobby plötzlich rufen: „Dieses Abteil ist reserviert!“ Die vier drehten sich um.

Eben stellte ein dicker, schnaubender Mann zwei Koffer mitten ins Abteil. Hinter ihm erschien eine schüchtern wirkende Frau.

„Reserviert?“, fauchte der Dicke Bobby an. „Für euch junges Gemüse etwa? Hier ist noch Platz für zwei Personen, wenn ihr euren Kram ein bisschen zusammenräumt!“ Er nahm Bobbys Koffer und hob ihn ins Gepäcknetz zurück. Und seine eigenen Koffer schob er einfach darüber.

„Entschuldigen Sie, dieses Abteil ist wirklich reserviert!“, sagte Hilda. „Und zufällig sah ich vorhin, dass im Nebenwagen alles leer ist.“

Doch der Mann hörte nicht auf sie. Er drückte seine schüchterne Frau auf einen Sitz und machte es sich in der Ecke bequem.

Das war die Höhe! Jetzt saß der Mann auf Hannis Platz! Die fünf Mädchen starrten sich verblüfft an. Doch sie sagten nichts, sondern setzten sich schweigend auf die verbliebenen Plätze.

„Macht das Fenster zu!“, rief der Dicke nach einer Weile. In seiner Ungeduld sprang er gleich selber auf. Rücksichtslos stolperte er über die Füße der jungen Mitreisenden.

Zunächst unternahmen die Mädchen nichts. Aber als die Hitze im Abteil unerträglich wurde, stand Bobby auf und öffnete das Fenster wieder.

„Unverschämtheit!“

Der Mann erhob sich und schob das Abteilfenster von Neuem zu. „Glaubt ihr vielleicht, ich will eine Freiballonfahrt in ’ner offenen Gondel machen? Rücksichtslose Gesellschaft! Aber das ist die Jugend von heute! – Lass mich in Ruhe“, brummte er seine Frau an, die ihn zu beschwichtigen versuchte, „denen schadet es nichts, wenn sie mal die Wahrheit hören.“

Die Mädchen waren wütend, schwiegen aber. Doch mit einem Mal fragte Bobby in die Stille hinein: „Reist ihr auch so gern in ’ner luftigen Ballongondel?“

Da platzten sie alle fast vor Lachen. Und nun fing das Vergnügen an.

„Oh ja“, gluckste Hilda. „Da hat man wenigstens gute Gesellschaft.“

„Schwergewichtler dürfen aber nicht in einen Ballonkorb“, krähte Hanni laut. Die anderen lachten und quietschten.

Da stand der Dicke auf, ging auf den Gang hinaus und rief nach dem Schaffner.

„Hoffentlich kommt der noch, bevor ich aussteige“, flüsterte Bobby.

Sie hatte Glück. Der Schaffner erschien sofort. Erstaunt musterte er die beiden Erwachsenen im Abteil, fragte jedoch zunächst nur, was los sei.

„Beschweren will ich mich“, rief der Mann, „beschweren über diese Mädchen! Sie sind von einer unglaublichen Rücksichtslosigkeit den Mitreisenden gegenüber! Stellen Sie ihre Namen fest, damit man den Eltern Bescheid geben kann.“

„Moment, mein Herr“, erwiderte der Schaffner höflich.

„Erstens muss ich wissen, was die Mädchen eigentlich angestellt haben.“

„Sie hatten das ganze Abteil beschlagnahmt, sodass meine Frau und ich kaum Platz fanden. Dann rissen sie das Fenster auf und ließen uns in der Zugluft sitzen. Zuletzt haben sie mich sogar verhöhnt.“

„Nanu“, sagte der Schaffner, „so kenne ich die Mädchen gar nicht! Und was das Abteil betrifft, so sind die jungen Damen“ – tatsächlich: Er sagte „junge Damen“! – „durchaus im Recht. Es ist für das Internat Lindenhof reserviert. Das steht auch hier am Gangfenster!“ Der Schaffner wandte sich an die Mädchen: „Habt ihr das dem Herrn nicht gesagt?“

„Natürlich“, riefen alle fünf und Hilda fügte hinzu: „Er hat sich überhaupt nicht darum gekümmert!“

„Ja, mein Herr, dann muss ich Sie bitten, sich im nächsten Wagen andere Plätze zu suchen. Der Zug ist halb leer. Und Ihre Beschwerde kann ich natürlich nicht annehmen!“

Na, das war eine Genugtuung! Mit hochrotem Kopf holte der Mann seine Koffer herunter und verließ das Abteil. Seine Frau folgte ihm wortlos. Doch an der Türe drehte sie sich um, sagte leise „Entschuldigt, bitte!“ und versuchte zu lächeln.

„In diesem Augenblick war der ganze Spaß vorbei“, erklärte Hanni, als sie das zum Schluss noch erzählt hatte. „Die arme Frau muss sich bestimmt öfter seinetwegen schämen!“

„Es gibt schon merkwürdige Menschen“, meinte die Mutter. „Manche glauben, sie seien immer im Recht – und nicht bloß jungen Leuten gegenüber.“

„Eigentlich hast du großes Glück gehabt“, rief Nanni, „dass du Papi zum Mann hast und nicht einen solchen Nörgler!“

„Danke schön!“ Herr Sullivan verneigte sich leicht über den Tisch hinweg. Nun lachten sie alle vier.

Doch dann wurden die Zwillinge still. Marlis hatte eine Riesenschüssel auf den Tisch gestellt.

„Zitronencreme“, hauchte Hanni andächtig. Genüsslich und schweigend schaufelten die beiden ihren Lieblingsnachtisch in sich hinein ...

„Wir möchten etwas mit euch besprechen“, sagte der Vater, als die Schüssel leer war. „Es handelt sich um die Ferien! Am besten setzen wir uns in mein Zimmer.“

„Also, ihr beiden“, fing der Vater an, „Ende nächster Woche muss ich zu einer Tagung nach Spanien, anschließend zur Eröffnung einer Klinik nach Marokko. Eure Mutter fährt mit. Wir können also nur ein paar Ferientage mit euch verleben. Ihr fahrt zu Erna, eurem früheren Kindermädchen, die seit Jahren förmlich darauf brennt, euch wiederzusehen. Sie ist mit einem Polizisten verheiratet, heißt Frau Huber – na, und sie schrieb, sie hätte ein nettes kleines Haus.“

„Zu Erna?“

Die Zwillinge waren entzückt!

„Ich will zu gern sehen, ob sie sich als Frau Huber verändert hat!“, rief Hanni.

„Und wie ihr Polizeimann ist!“, fügte Nanni hinzu.

Die Mutter lachte. „Das werdet ihr früh genug erfahren. Jetzt wollen wir aber erst mal hier ein paar schöne Tage zusammen verbringen, wenn wir schon nicht gemeinsam verreisen können. Euer Vater und ich haben uns ein ‚Daheim-Ferienprogramm‘ ausgedacht!“

„Das klingt ja wirklich spannend“, lachte Nanni. „Was meinst du, Hanni? Ich lass mich jedenfalls überraschen!“

„Ich mich auch“, stimmte Hanni zu.

Es folgten ein paar vergnügte Tage. Vater und Mutter hatten sich wirklich ein großartiges Programm ausgedacht!

„Heute fahren wir zum Baden an den Lohsee“, hieß es am ersten Morgen. „Wir werden am See oder im Wald ein Picknick veranstalten und erst gegen Abend nach Hause kommen.“

Der Lohsee lag ein paar Kilometer entfernt in einem großen Buchenwald. Nur an einer Seite war sein Ufer zur Straße und zu den Feldern hin offen. Dort gab es eine Badeanstalt und eine Anlegestelle für Boote. Herr Sullivan mietete ein Ruderboot und sie ruderten ein Stück auf den großen See hinaus. Hanni und Nanni sprangen ins Wasser, schwammen eine Strecke und kletterten dann wieder ins Boot, das der Vater inzwischen kräftig weitergerudert hatte.

„Jetzt rudern wir und ihr könnt schwimmen“, rief Hanni, als sie zum zweiten Mal wieder über den Bootsrand krabbelte.

Kaum waren die Eltern ein Stück entfernt, zischte Hanni der Schwester zu: „Los – dort hinüber!“, und sie deutete auf eine winzige Insel, auf der viele Büsche die Sicht nach der anderen Seite nahmen.

Nanni begriff sofort. Als die Eltern umkehrten und zum Boot zurückschwimmen wollten, sahen sie es nicht – es schien spurlos verschwunden. Aber der Vater witterte den Streich und schwamm um die Insel herum. Von den Zwillingen und dem Boot war immer noch nichts zu sehen! Die beiden waren längst wieder um die Insel herumgerudert und lauerten nun in einer winzigen Bucht unter den tief herabhängenden Zweigen einer Weide. Was die Eltern wohl unternahmen?

„Ätsch, hereingefallen!“, rief der Vater plötzlich hinter ihnen. Er hatte seine Frau allein weiterschwimmen lassen, war auf das Ufer der Insel geklettert und hatte schnell die Büsche durchquert. Jetzt kam auch die Mutter und die Eltern lachten die Ausreißer tüchtig aus.

„Können wir nicht auf der Insel picknicken?“, fragten die Zwillinge. „Hier kommt bestimmt kein Mensch her.“

„Dafür sind aber schon Scharen von Mücken da“, sagte der Vater.

„Außerdem können wir hier nicht kochen“, ergänzte die Mutter.

„Kochen?“, riefen die Schwestern entzückt.

„Nun ja, ein paar Würstchen heiß machen und Eier braten“, erklärte die Mutter.

„Au fein, dann rudern wir natürlich zum Strand hinüber“, jubelte Hanni.

Sie fanden bald eine Stelle, an der sie zwischen großen Steinen ihren Spirituskocher anzünden konnten. Dann gab es ein üppiges Mahl. Die Mutter hatte sogar Kartoffelsalat mitgebracht und zum Nachtisch ein Körbchen voller Kirschen mitgenommen.

Am Strand herrschte jetzt reger Betrieb. Schulkinder, die Ferien hatten, und Urlauber aus der Umgebung badeten, ruderten und spielten. Deshalb packten die Sullivans nach dem Essen schnell ihre Sachen zusammen und fuhren in den Wald.

Sie kannten ein paar Stellen, die zum Lagern geeignet waren und wohin Fremde nur selten kamen. Während die Eltern ausgiebig Mittagsruhe hielten, lasen Hanni und Nanni in den Büchern, die sie mitgebracht hatten.

Damit war das Tagesprogramm noch lange nicht zu Ende. Später durchquerte die Familie Sullivan den ganzen Wald bis zur Stadt Kronburg. Dort ließ der Vater das Auto auf dem Marktplatz mit den schönen alten Häusern stehen und sie stiegen zum „Schlössel" hinauf. So wurde die Ruine genannt, die auf einer Bergnase stand und die schönste Aussicht ins Tal bot. Ganz vorn war in das alte Gemäuer hinein ein Terrassencafé gebaut. Und dort gab es immer leckeren Kuchen. Und Eis! Hanni und Nanni ließen es sich schmecken …

So war jeder Tag ein Fest für sich. Aber dann mussten die Eltern ihre letzten Reisevorbereitungen treffen. Die Zwillinge packten auch.

Von Erna war eine Karte gekommen: „Schreibt, mit welchem Zug ihr in Rottleben ankommt. Wir holen euch vom Bahnhof ab. Erkennen werden wir uns ja wohl noch!"

Am letzten Abend vor dem Abschied saßen die vier Sullivans vergnügt zusammen.

„Fotografiert unterwegs so viel wie möglich“, baten die Zwillinge. „Dann könnt ihr uns eure Reise später vorführen.“

„Und ihr werdet hoffentlich nicht zu viel Unfug anstellen“, ermahnte sie der Vater. „Ernas Mann, der Polizist, wird euch schon den Marsch blasen, wenn’s notwendig sein sollte.“

Hanni und Nanni lachten. „Bei Erna kann uns nichts passieren.“

Fröhliches Wiedersehen

Hanni und Nanni fuhren am nächsten Morgen mit vielen Erwartungen los. Einmal mussten sie umsteigen. Erna wohnte in einem großen Dorf nahe bei den Ellernbergen. Die waren zwar nicht hoch, doch die Zwillinge sahen sie schon bald, nachdem sie umgestiegen waren. Drei rote Triebwagen – das war der ganze Zug. An jeder kleinen Station wurde gehalten.

Die meisten Reisenden schienen sich zu kennen. Sie musterten die Zwillinge eingehend.

„Dasselbe Mädchen gleich zweimal", sagte ein alter Mann schmunzelnd. „Ja, bei so hübschen Dingern lässt man sich das gern gefallen."

„Wann kommt Rottleben?", fragte Hanni, weil ihr vor lauter Verlegenheit nichts anderes einfiel.

„Aha, dahin wollt ihr!" Der Alte nickte. „Ich auch. Da haben wir noch zwei Stationen weit zu fahren. Bleibt ihr länger dort?"

Es stellte sich heraus, dass er Hubers gut kannte. „Wir sehen uns gewiss öfters", sagte er.

Als der Rottlebener Bahnhof in Sicht kam, steckten die Schwestern die Köpfe aus dem Fenster.

„Erna, Erna!“, rief Hanni plötzlich. Sie winkte heftig. Da hatte Erna sie auch schon entdeckt und lief dem Zug entgegen. Ihren Mann zog sie mit.

Fast vergaßen die Schwestern vor lauter Wiedersehensfreude einen Koffer. Erst als Erna fragte: „Habt ihr noch mehr Gepäck?“, stürzte Hanni in den Waggon, um den zurückgebliebenen Koffer zu holen.

„Menschenskind, Nanni, das wäre was geworden, wenn der Zug mit unserem Kleiderkoffer weitergefahren wäre!“, rief sie erschrocken.

Dann begrüßten sie Herrn Huber, der in seiner Uniform richtig schneidig aussah und strahlend das fröhliche Wiedersehen beobachtete. „Auf euch beide war ich sehr gespannt“, sagte er. „Meine Erna hat mir schon viel von euch erzählt ... Oder muss ich Sie sagen?“

„Das wäre ja noch schöner, unterstehen Sie sich!“, riefen die Schwestern.

„Schick sieht dein Mann in der Uniform aus“, sagte Hanni später, als sie sich mit Ernas Hilfe in dem Dachstübchen häuslich einrichteten.

„Das freut mich. Es gibt Leute, die die Polizeiuniform nicht ausstehen können“, meinte Erna lachend.

Den Zwillingen gefiel es in Rottleben sehr. Als Erstes schauten sie sich in Ernas Haus um.

„Ihr habt euch wirklich nicht verändert“, meinte Erna. „Neugierig wart ihr schon immer.“

„Nur wissbegierig“, stellte Hanni richtig und Nanni fügte hinzu: „Schließlich ist es doch ein bisschen so, als ob wir bei dir zu Hause sind. Da müssen wir doch jeden Winkel kennenlernen.“

Das hörte Erna gern! Sie sah ganz gerührt aus. „Ihr seid doch meine Besten geblieben“, meinte sie, nahm beide in die Arme und gab Hanni nach rechts und Nanni nach links einen Kuss. „Wir wollen es uns toll gemütlich machen. Ihr werdet sehen: Solche Ferien werdet ihr so schnell nicht wieder haben!“

„Nun, was habt ihr heute Nacht geträumt?“, fragte Herr Huber am anderen Morgen beim Frühstück.

Die Schwestern sahen sich verblüfft an. Geträumt? Aber dann blitzte es in Hannis Augen.

Auweh!, dachte Erna, jetzt werden die beiden Schlitzohren meinem Klaus einen gewaltigen Bären aufbinden! Doch Hanni wollte nicht Herrn Huber, sondern Erna aufs Korn nehmen.

„Ja“, fing sie an, „ich besinne mich. Ich habe von lauter Läusen geträumt!“, rief sie vergnügt.

„Was?“, rief Nanni entsetzt. „Wo kamen die her?“

„Weiß ich doch nicht. Du hattest auch welche. Sie saßen nicht im Haar, nein, solche Läuse waren es nicht. Wir pflückten Blumen ... ja, ich entsinne mich genau ... Rosen waren es, rosa Rosen, und weißer Jasmin ... und wir wollten Erna eine Freude machen, aber sie rief ...“

„Au!“, schrie Nanni, denn Hanni hatte sie unterm Tisch kräftig getreten.

„Quatsch ... Nicht ‚Au!‘ schrie sie“, fuhr Hanni ruhig fort und gab der Schwester einen tüchtigen Rippenstoß, sodass Nanni anfing zu überlegen, was Hanni wohl im Schilde führte. „Sie rief: Igittigitt, die vielen Läuse, da graust es mir.“

„Aber, Hanni, das ist doch kein schlechter Traum“, unterbrach sie Erna. „Läuse – das bedeutet Geld! So steht es im Traumbuch.“

„Ach?“, fragte Hanni scheinheilig.

Da begriff Nanni endlich, was ihre Schwester wollte. Klar! Erna hatte früher ja immer in ihrem Traumbuch nachgelesen. In Lindenhof hatte sie deshalb aus lauter Übermut mit den Freundinnen Träume gedeutet: „Schlangen? Vorsicht! Das bedeutet Pech auf der ganzen Linie! Sicher nimmt die Lehrerin dich heute beim Übersetzen dran!“ oder „Geh der Hausmutter lieber aus dem Weg, wenn du von Pilzen geträumt hast – sonst musst du Medizin schlucken ...!“

Ja, dass sie nicht früher an Ernas Hobby gedacht hatte! Na, sie wollte ihr auch etwas zum Deuten geben.

Also fing Nanni an: „So etwas Ekliges habe ich nicht geträumt. Ich musste Kartoffeln waschen. In einer Quelle. Mein Gott, war das Wasser kalt! Zuerst war es schön klar, aber von den Kartoffeln wurde es schmutzig. Ich bekam auch die Hände gar nicht mehr sauber. Wie Pech klebte der Schmutz dran. Und die Kartoffeln haben wir nachher ins Feuer geworfen ... Das war mein Traum!"

Erna saß mit gefurchter Stirn da und rührte gedankenvoll in ihrem Kaffee. „Sehr merkwürdig", sagte sie. „Kartoffeln bedeuten nämlich auch Reichtum – genau wie Läuse. Und klares Wasser, das ist sehr gut. Trübes dagegen – nein, das ist eine Gefahr oder Sorge oder Ärger ... Aber dann wieder das Feuer! Richtig helles Feuer, Nanni?"

„Ja, es brannte mit einer hohen Flamme!"

„Dann wird zum Schluss alles gut! Doch in Acht nehmen musst du dich, Nanni! Du dich auch, Hanni, denn ihr stellt eure Dummheiten ja gewöhnlich zusammen an."

„Mach den Mädchen nicht Bange mit deiner Traumbuch-Weisheit", sagte Herr Huber lachend. „Ja, das kann ich ihr nicht abgewöhnen", wandte er sich an die Zwillinge. „Polizeigewalt nützt da gar nichts! Doch nun muss ich zum Dienst. Bis heute Mittag!" Er nahm seine Mütze und ging hinaus.

„Wieso fährt dein Mann denn mit dem Rad?“, fragte Hanni, als sie ihm durchs Fenster nachblickte. „Gestern habt ihr uns doch mit dem Wagen vom Bahnhof abgeholt. Oder war das nicht euer Auto?“

„Doch. Aber die paar Schritte bis zum Revier fährt Klaus immer mit dem Rad. Wenn er zum Einsatz muss, benutzt er einen Dienstwagen. Doch keine Angst: Für Ausflüge nehmen wir natürlich den Wagen. Ihr sollt ja was von der Umgebung sehen. Falls ihr aber mal allein losziehen wollt, könnt ihr auch Fahrräder bekommen.“

„Hast du gleich zwei?“, fragte Nanni.

„Natürlich, die jüngste Schwester von Klaus, Mechthild, wohnt bei uns. Sie kommt aber nur am Wochenende nach Hause. Die Woche über bleibt sie in der Stadt. Sie ist Verkäuferin in einem Textilgeschäft. Ihr gehört das zweite Rad.“

„Ach, da kommt sie ja morgen. Wie ist sie denn?“

„Ihr werdet sie ja selber sehen. Vertragen werdet ihr euch gewiss. Sie ist ein paar Jahre älter als ihr und hat natürlich ganz andere Interessen. Und wenn sie kommt, ist sie meist müde und schläft sich erst einmal aus.“

„Und wir dürfen ihr Rad ohne Weiteres nehmen?“, erkundigte sich Nanni.

„Ja, das habe ich schon mit ihr ausgemacht.“

„Das mag eine komische Ziege sein“, meinte Hanni später,

als die Zwillinge allein waren. „Erna wollte nicht so recht heraus mit der Sprache."

„Aber Herr Huber ist doch ein ausgesprochen netter Mensch ...", überlegte Nanni.

„Für seine Schwester kann er nichts", sagte Hanni.

Sie warteten jedenfalls sehr gespannt auf diese Mechthild. Einstweilen aber schnupperten sie weiter im Haus und im Hof herum.

„Erna, du hast ja Hasen! Einen ganzen Stall voll!", rief Nanni entzückt, als sie zu dritt zum Garten hinübergingen.

Im Gras hockten unter einem Gitter drei alte und sieben junge Kaninchen, graue, schwarz-weiße und ein ganz weißes. Die Zwillinge hatten eine Weile ihren Spaß an den drolligen Tieren, die eifrig weitermümmelten. Aber dann lockte der Garten mit seinen Johannisbeerbüschen, an denen immer noch eine Menge roter Beerentrauben hing. Und die Stachelbeeren waren schon reif.

„Davon könnt ihr so viele pflücken, wie ihr mögt", sagte Erna. „Es sind viel mehr, als wir brauchen."

Na, das war ein Angebot.

Am nächsten Tag kam Mechthild kurz nach dem Mittagessen. Sie war eine „Ziege", jedenfalls in den Augen der Zwillinge.

„Aha, Ernas Babys sind eingetroffen." Damit begrüßte sie

die Zwillinge und nach einem flüchtigen Blick in ihre Gesichter sagte sie: „Ihr erwartet von mir gewiss keine großen Anstrengungen, euch auseinanderzuhalten. Ich kann nämlich nicht meine ganze Freizeit dafür opfern."

„Wir werden es überleben", antwortete Hanni ziemlich spitz. Weiter sagte sie nichts, sie dachte an das Fahrrad, das sie dringend brauchten.

Mechthild sah ganz nett aus. Nur war sie für Hannis und Nannis Geschmack viel zu aufgedonnert. Und sie redete ziemlich von oben herunter mit Erna. Bildete sie sich vielleicht ein, sie wäre etwas Besseres als die Schwägerin? Herr Huber fand seine Schwester sicher auch nicht gerade liebenswert.

„Hattest du sehr viel zu tun in dieser Woche?", fragte er sie.

Und als sie versicherte: „Ich bin restlos erschöpft von der Plackerei", erkundigte er sich nur noch: „Irgendwas Besonderes?"

„Nein, gar nichts", sagte Mechthild. Doch sie verbesserte sich sofort: „Höchstens, dass unsere Kassiererin, das Schaf, sich zwei falsche Zwanzigeuroscheine andrehen ließ."

„Falschgeld?" Wachtmeister Huber horchte auf. „Habt ihr festgestellt, woher es stammte?"

„Nein, wieso? Die Bank hat es am anderen Morgen festgestellt, als sie unsere Tageskasse gutschreiben wollte."

„Schade! Falschgeldgeschichten sind immer übel. Burschen, die es vertreiben oder gar herstellen, muss man beizeiten das Handwerk legen."

„Was habt ihr für morgen vor?", erkundigte sich Mechthild später, als sie beim Abendbrot saßen.

„Wir wollen eine schöne Fahrt mit unseren Gästen unternehmen. Über die Berge zum Kanal und weiter ins Kaisergebirge. Du bist herzlich dazu eingeladen."

„Vielen Dank!", wehrte Mechthild ab. „Ich kenne diese Familienausflüge! Ich sehe mich lieber um, wer aus der Großstadt hier ist! Das ist interessanter!"

„Wir freuen uns sehr auf die Fahrt!", sagte Hanni laut. Sie hatte gemerkt, dass Erna vor Ärger rot geworden war, und auch Herr Huber hatte plötzlich eine steile Falte auf der Stirn.

Mechthild störte das nicht und zu Hanni meinte sie herablassend: „Für euch ist es sicher nett, ihr hockt ja sonst immer nur in eurem Internat und seht nichts von der Welt."

„Lasst, Kinder", beschwichtigte Erna, ehe die Zwillinge Mechthild antworten konnten. „Mechthild soll in ihrer freien Zeit tun, was ihr Spaß macht. Sie arbeitet ja die ganze Woche über hart."

Dann fing sie an, die Teller zusammenzustellen, und Hanni und Nanni halfen ihr beim Abräumen.

„Du, die ist aber hochnäsig", sagte Nanni in der Küche.

„Spielt die sich immer so auf?", fragte Hanni.

Erna seufzte. „Was soll ich machen? Mein Mann hat sie nach dem Tod ihrer Eltern hier aufgenommen. Er ist über Mechthilds Art auch nicht glücklich. Das weiß ich genau. Vielleicht aber meint sie es gar nicht so schlimm."

Da machten die Schwestern es genauso: Sie erwähnten Mechthild nicht weiter.

Aber die Fahrt am nächsten Tag genossen sie sehr.

Als sie am frühen Abend nach Hause kamen, erschien auch Mechthild recht friedlich. Sie erkundigte sich: „War es nett?", und half Erna, alles für die Abendmahlzeit zu richten. Am Morgen war sie schon längst fort, als die Zwillinge am Frühstückstisch erschienen.

Hier gibt es ein Geisterschloss?

Von nun an fuhren Hanni und Nanni jeden Vormittag mit den Rädern los, um die Gegend zu erkunden. Und hier gab es eine Menge zu sehen!

„Na, wo wart ihr heute?", fragte Erna, als sie nach dem ersten Ausflug hungrig nach Hause kamen.

„Auf dem Gestüt bei Instett", berichteten die Zwillinge. Sie hatten die Fohlen beobachtet, die dort übermütig herumsprangen, und sie waren hellauf begeistert.

„Diesmal waren wir in einer putzigen kleinen Stadt", erzählten sie am nächsten Tag.

„Da war alles aufgebaut, was dazugehört: Kirche, Rathaus, Schule und viele Häuser", berichtete Hanni.

„Aber so winzig, dass wir nicht Platz gehabt hätten, höchstens Kinder von sechs, sieben Jahren", fügte Nanni lachend und übermütig hinzu.

„Ja, für die ist die Liliputstadt ja auch gebaut", meinte Herr Huber. „Das haben Studenten getan, die hier einmal ein Ferienlager hatten."

Eines Mittags kamen die Schwestern besonders aufgeregt nach Hause.

„Heute waren wir in einem Schloss – ganz in der Nähe … Und da wurde gerade ein Fest gefeiert!“, rief Hanni.

„Ein Fest? Wo denn?“, fragte Erna ganz verwundert.

„Wir sind die Straße hinausgefahren, dann zum Wald abgebogen, und mit einem Mal waren wir in einem richtigen Park“, erklärte Nanni.

„Ein toller Park!“, rief Hanni. „Riesige Buchen, dicke Eichen und auch viele ausländische Bäume!“

„Plötzlich standen wir an einem großen Teich“, sagte Nanni. „Sein Wasser war ganz dunkel.“

„Dunkelgrün“, fügte Hanni hinzu. „Wahrscheinlich von den hohen Kastanienbäumen, die ringsum wuchsen und kein Licht durchließen.“

„Ja, und am Ufer war so dichtes Gebüsch, dass man das Wasser erst im letzten Moment entdeckte“, erzählte Nanni weiter. „Eine Menge Wasser gibt es da! An der anderen Seite lag ein Kahn. Aber der sah ganz alt und verrottet aus.“

„Da müsst ihr am Geisterschloss gewesen sein“, meinte Erna. „Doch was war da für ein Fest?“

„Wir sind um den See herumgegangen“, berichtete Hanni. „Plötzlich hörten wir Musik. Wir wanderten eine breite Allee entlang – und sahen das Schloss. Schön ist es, so groß und wuchtig! Die Fenster glänzten in der Sonne! Viele Leute gingen auf dem großen Platz davor spazieren. Und eine Kapelle spielte!“

„Um Himmels willen! Kinder, das geht nicht mit rechten Dingen zu“, rief Erna erschrocken. „Klaus, was meinst du dazu?“

Herr Huber kratzte sich hinter dem Ohr. „Ach ... ich weiß nichts“, sagte er.

„Nicht mit rechten Dingen, wie meinst du das?“, fragte Hanni.

„Wir haben die Leute doch gehört und gesehen“, versicherte Nanni.

„Das Schloss ist verlassen“, erklärte Herr Huber. „Seit vielen Jahren schon. Wer sollte da ein Fest feiern? Die Fenster sind auch über und über voll Staub und Spinnweben. An manchen hängen die Läden halb herunter. Überhaupt ist der ganze Bau verkommen.“

„Dann waren wir woanders!“, rief Hanni. „Unser Schloss sah gar nicht verkommen aus. An den Treppen entlang standen große Kübel mit grünen Büschen und Bäumchen – fast wie bei einer Hochzeit in der Kirche ...“

„Oder wie in Lindenhof in dem einen Sommer“, sagte Nanni dazwischen, „als ein Sturm kurz vor dem Sommerfest die ganzen Anlagen vernichtet hatte. Weißt du noch, Hanni?“

„Hm, hm, hm“, brummte Herr Huber und von da ab saß er merkwürdig still dabei und überlegte.

„Erzählt weiter!“, drängte Erna. „Was gab's an dem sonderbaren Platz noch zu sehen?“

„Die Leute waren alle schön angezogen“, antwortete Hanni. „Sie schienen sich gut zu amüsieren. Rechts vom Schloss war ein kleiner Tanzboden, auf dem getanzt wurde.“

„Übrigens waren auch Fotografen da. Wir müssen versuchen, Bilder zu erwischen, damit ihr uns glaubt“, sagte Nanni.

„So, so, Fotografen …“, murmelte Wachtmeister Huber und schrieb irgendetwas in sein Notizbuch.

„Erna!“, drängte Hanni. „Wenn es hier ein Geisterschloss gibt, dann interessiert uns das mächtig! Bitte, erzähl mal davon.

„Ja, also, es liegt genauso, wie ihr es beschrieben habt: Im Park ist der Schlossteich. Er ist dunkelgrün, wie ihr gesagt habt. Wasserhühner gibt es dort auch und am Ufer liegt ein morscher Kahn.“

Hanni und Nanni lauschten und machten große Augen.

„Und das Schloss?“, fragte Hanni.

„Ja, das Schloss ist auch da. Es ist sehr groß und es hat eine breite Freitreppe. Aber von Pracht ist da nichts zu merken. Wie Klaus sagte: überall Staub und Spinnweben. Der Putz blättert von den Mauern. Viele Treppenstufen sind schadhaft. Wir sind einmal dort gewesen. Mir war richtig unheimlich zumute ...“

Ernas Mann fuhr fort: „Das Schloss hat einmal einer sehr reichen Familie gehört. Grafen oder Barone waren es. Der letzte Bewohner ist vor vielen Jahren gestorben. Es heißt, dass noch ein Erbe von ihm in Amerika oder in Australien lebt. Doch er hat sich nie gemeldet, obwohl in Zeitungen große Aufrufe an ihn erschienen. Vielleicht lebt er auch schon längst nicht mehr. Jedenfalls hat sich niemand mehr um den Besitz gekümmert. Die Äcker und Wiesen, die dazugehören, sind verpachtet. Die Landesregierung verwaltet alles. Aber – du liebe Zeit – die haben auch andere Sorgen als dieses Schloss.“

„Doch warum spricht Erna von einem Geisterschloss?“, wollte Nanni wissen.

„Weil es dort spukt ...“, begann Erna, aber ihr Mann warf sofort ein: „... sagen die Leute. Ich glaube es nicht. Angeblich soll ab und zu ein Licht durch ein paar Räume geistern. Natürlich wird auch eine Geschichte erzählt von einem der früheren Herren, der einen Diener erstochen hat ...“

„Nein“, fing Erna wieder an, „einer der alten Barone wurde erschlagen. Er kann keine Ruhe finden, weil er einen Schatz versteckt hatte ...“

„Da seht ihr es“, unterbrach der Wachtmeister lachend. „Man weiß nichts Vernünftiges und deshalb werden die tollsten Geschichten erfunden. Ob wirklich im Schloss manchmal ein Licht zu sehen war, kann ich nicht sagen. Vielleicht hat der Mond hineingeschienen. Oder der alte Kunze hat einen Spaziergang durchs Schloss gemacht."

„Wer ist denn das?", fragte Nanni.

„Ein Sonderling. Er wohnt abseits vom Schloss in einem alten Gemäuer, das Eremitage genannt wird. Dort soll früher einer von den Baronen oder Grafen gehaust haben, der wie ein Mönch lebte und sich doch nicht ganz vom Stammsitz trennen wollte."

„Und da wohnt jetzt der alte Kunze? Was ist das für ein Mann? Auch so was Ähnliches wie ein Mönch?", erkundigte sich Hanni.

„Dazu ist er bestimmt nicht sanftmütig genug", meinte Herr Huber schmunzelnd. „Mit ihm ist nicht gut Kirschen essen. Ich habe unseren Gemeindeboten einmal hinbegleiten müssen. Den ließ er einfach nicht an seine Wohnung heran. Er hat einen großen schwarzen Hund; der liegt zwar an der Kette. Aber die Kette läuft über ein langes Drahtseil. Da biegt das Tier plötzlich um die Ecke, ehe man es sich versieht. Unseren braven alten Boten hat vor Schreck fast der Schlag getroffen."

„Und was macht der ... der – wie heißt er? – der alte Kunze dort?", fragte Nanni.

„Er arbeitet als Köhler. Das sind Leute, die in einem Meiler

Holz verkohlen. Früher war das ein angesehener Beruf. Jetzt wird die Holzkohle nicht mehr viel benutzt. Manche Lebensmittelbetriebe brauchen sie noch. Und zum Grillen wird sie verwendet. Aber das bisschen Verdienst ernährt keinen mehr. Nur dem Alten mag es noch zum Leben reichen."

„Du musst bedenken, dass er den jungen Burschen als Verkäufer hat", sagte Erna.

„Wer ist denn das schon wieder?", erkundigte sich Hanni.

„Ein Kerl, der alle paar Wochen mit einem Kombiwagen in der Gegend aufkreuzt und angeblich immer beim alten Kunze übernachtet. Kann sein, dass er ein paar Kaufleute beliefert – mit Tüten und anderem Verpackungsmaterial. Ich weiß es nicht und bin froh, wenn ich mich damit nicht befassen muss", sagte Herr Huber.

„Und der alte Mann wohnt ganz allein dort bei dem Schloss?", fragte Nanni.

„Nein, es sind noch andere Bewohner da", antwortete Erna. „Zwei Frauen: Mutter und Tochter. Sie hausen genau am entgegengesetzten Ende vom Schlossbereich, in der ehemaligen Gärtnerwohnung. Die Tochter fährt jeden Tag in die Stadt und arbeitet dort. Die Mutter hat eine Unmenge Katzen, die die ehemaligen Gewächshäuser bevölkern; da gibt es genug Mäuse. Und die alte Frau stellt ihnen jeden Tag Milch hin."

„Komisch, warum tut sie das?“, erkundigte sich Nanni.

„Sie hat Katzen eben gern. Der alte Kunze hat übrigens eine Mordswut auf die Frau, weil die Katzen manchmal bis zu ihm hinüberlaufen. Dann regt sich sein Hund fürchterlich auf und bellt sich fast die Seele aus dem Leib. Und der alte Mann wirft Steine nach den Katzen und schimpft auf die Frau.“

„Ihr seht: Sie leben dort wirklich wie Hund und Katze!“, warf Herr Huber lachend ein.

Nach einer Weile fing Hanni noch einmal von dem Schloss an. „Ich verstehe bloß nicht, wieso wir gesehen haben, wie dort ein Fest veranstaltet wurde. Bestimmt. Wir haben nicht geträumt!“

„So recht geheuer ist es mir nicht“, meinte Erna. „Aber ihr habt recht: Am helllichten Tag kann es kein Spuk gewesen sein.“

„Wir fahren morgen noch einmal hin“, schlug Nanni vor.

„Nein!“, rief Erna energisch. „Oder wartet – davon abbringen kann ich euch doch nicht. Also komme ich mit. Wir können ja zu Fuß hingehen.“

„Erna! Ich wusste gar nicht, dass du so heldenhaft bist!“, rief Herr Huber vergnügt. „Da könnt ihr mal sehen, Zwillinge, wie lieb Erna euch hat. Sie riskiert sogar einen Gang zum Geisterschloss! Doch ich tue für eure Seelenruhe ein Übriges:

Ich nehme morgen meinen freien Nachmittag und begleite euch."

„Das ist nett von dir!", sagte Erna erleichtert.

Die Zwillinge unternahmen am nächsten Vormittag nichts, weil sie doch für den Nachmittag den Ausflug zum Geisterschloss planten. Sie halfen Erna bei der Arbeit, damit sie gleich nach dem Essen aufbrechen konnten.

Bis zum Waldrand fuhren sie mit dem Auto. Dann gingen sie zum Schlossteich, der genauso düster und unheimlich dalag wie tags zuvor.

Diesmal klang keine Musik vom Schloss herüber, auch kein Lachen und Rufen. Nur ein Specht hämmerte irgendwo gegen einen Baumstamm und ein Häher warnte mit lautem Rätschen vor den Menschen, die in die Schlossallee einbogen. Aber die Fenster des Schlosses waren wirklich blitzblank, das mussten Hubers zugeben. Auch die schön geschwungene Freitreppe war ziemlich sauber. Und nicht weit davon, nach rechts hinüber, gab es tatsächlich den Tanzboden, von dem die Zwillinge berichtet hatten.

„Na, Erna, was sagst du nun?", rief Hanni triumphierend. „Glaubst du immer noch, dass es ein Spukfest war, das wir dort sahen?"

Erna schüttelte den Kopf. Sie war ratlos. Aber ihr Mann

tröstete sie: „Ich finde es schon heraus. Wozu hast du einen Polizisten zum Mann?“

„Also, jetzt möchte ich einmal das ganze Schloss sehen!“, verlangte Erna. „Kommt, wir gehen erst mal um den Bau herum.“

„Tapfer, tapfer“, murmelte Herr Huber.

Erna gab ihm einen Stups mit dem Ellenbogen. „Mach dich ja nicht lustig über mich!“, rief sie.

Während Hubers das Riesengebäude umrundeten, liefen die Zwillinge die Außentreppe hinauf bis zur Terrasse.

„Da ist eine Fenstertür!“, rief Nanni. Sie drückte die Klinke und zu ihrer Verblüffung gab der rechte Türflügel knarrend nach. Mit angehaltenem Atem blickten die Mädchen neugierig in die Schlosshalle.

„Los! Hinein!“, drängte Hanni. „Nur ein bisschen umgucken.“

Sekunden später standen beide staunend im Inneren.

Wie schön musste das alles hier einmal gewesen sein! Verblasste Deckengemälde, Wandmalereien und gewaltige, noch immer ein wenig funkelnde Kronleuchter ließen das ahnen.

„Weiter“, wisperte Nanni. Auf Zehenspitzen schlichen beide in den nächsten Raum.

Neugierig blickten sie sich um. Nun standen sie in einem großen Saal, der sich von der Vorderfront bis zur Gartenseite erstreckte; durch die Fenster der rechten Wand schimmerte das Grün der Bäume. Aber die Glasscheiben zur Rückseite des Schlosses waren wirklich so verstaubt und verschmutzt, wie Ernas Mann es geschildert hatte.

„Hubers müssen jetzt im Schlossgarten sein", überlegte Hanni. „Vielleicht ist eine Tür auf der anderen Seite auch nicht abgeschlossen. Dann brauchen wir nur durch den Saal und schon wären wir draußen und könnten sie überraschen!"

Hanni fand an der gegenüberliegenden Seite des Saales tatsächlich eine Fenstertür, die sogar nur angelehnt war. Sie blickten durch den Spalt.

„Da kommen die beiden!", berichtete sie der Schwester. „Es sieht so aus, als hätten sie uns noch nicht vermisst. Na, Erna wird Augen machen."

Noch einmal blickten sich die Mädchen um. Ihre Tritte waren auf dem verstaubten Parkett deutlich zu erkennen.

„Sieh mal", sagte Nanni, „dort sind noch andere Fußspuren! Sie führen hier von der Tür zu dem Wandschrank dort hinten. Wollen wir nachsehen, was drin ist?"

„Jetzt nicht. Hubers sind gleich da. Wir kommen ja wieder her."

Draußen wurden ihre Namen gerufen. „Hanni, Nanni, wo steckt ihr bloß? Meldet euch doch!" Ernas Stimme klang besorgt. „Klaus, wir kehren um und suchen sie", rief sie ihrem Mann zu.

„Hallo!" Hanni und Nanni traten vor die Tür und taten sehr erstaunt.

„Wir haben gedacht, wir könnten den Weg abkürzen, und sind quer durchs Schloss gegangen!", behauptete Hanni.

„Das sieht euch ähnlich!" Erna schüttelte den Kopf. Aber dann lachte sie. „Wartet nur! Mich so zu erschrecken!"

„Wollt ihr nicht auch mal schnell ins Schloss hineinschauen?", fragte Nanni.

Herr Huber wollte – aber Erna blieb lieber draußen im Sonnenschein.

„Merkwürdig, dass hier so wenig Spuren zu finden sind", sagte Herr Huber. „Man sollte doch meinen, dass die Festteilnehmer von vorgestern auch im Schloss waren."

„Aber hier ist jemand entlanggegangen und hat sich drüben am Wandschrank zu schaffen gemacht!" Nanni deutete auf den Abdruck eines großen Fußes auf dem staubigen Parkett. Sie gingen alle drei hinüber. Merkwürdig – der Schrank war abgesperrt. Und noch seltsamer: Das Schloss war neu – hässlich übrigens, es passte gar nicht zu dem schönen alten Möbelstück.

„Das sieht fast so aus, als hätte sich dort jemand ein heimliches Versteck eingerichtet", murmelte der Wachtmeister.

„Sein Polizistengehirn läuft auf vollen Touren“, sagte Hanni halblaut zur Schwester.

Herr Huber drohte ihr mit dem Finger, gab aber zu: „Du hast recht. Ich würde zu gern wissen, warum dieses neue Schrankschloss angebracht wurde – und von wem ...“

„Halt dich da heraus“, riet Erna, als die drei ihr später von der Beobachtung im Saal berichteten. „Ich weiß, dein Herz klopft schneller bei dem Gedanken, dass hinter der verschlossenen Schranktür vielleicht Diebesgut lagert, Broschen und Ketten oder wertvolle Bilder ...“

„... oder Falschgeld“, ergänzte Hanni.

Herr Huber drehte sich zu ihr um. „Wie kommst du da drauf?“

„Och ... ich dachte bloß dran, was Mechthild erzählte ...“

„Ich auch“, entfuhr es dem Wachtmeister. Aber gleich darauf lachte er und sagte: „Erna hat schon recht: Manchmal spinne ich.“

„Jetzt geht's zum alten Kunze!“, rief Hanni.

Sie folgten einem schmalen, gewundenen Weg. Die Buchsbaumhecken mussten in früherer Zeit bestimmt immer sorgfältig geschnitten worden sein. Jetzt war alles verwildert. Und auf den Wegen wuchs Gras und Unkraut. Durch die dichten Büsche erblickten die vier das Gemäuer der Eremitage erst, als sie fast schon davorstanden. Die Stufen hinauf waren nur noch Trümmer. Die Fenster hatte man mit Latten zugenagelt. Eine Haustür gab es nicht.

Aber der Hund war zur Stelle: Er sauste plötzlich um die Ecke, bellte und japste wie verrückt.

Herr Huber hatte das vermutet und war vorangegangen, den Spazierstock fest in der Hand. Trotzdem schrien Erna und die Zwillinge erschrocken auf. „Kusch, Tyras!", rief Herr Huber energisch und der Hund war sofort still.

„Wer ist da?", krächzte der alte Kunze. Er kam hinter den Büschen hervor.

„Nur Spaziergänger", beruhigte ihn Herr Huber. Brabbelnd zog sich der Alte mit seinem Hund zurück. „Mehr könnt ihr von den beiden unwirschen Gesellen nicht verlangen", meinte Ernas Mann. „Besuchen wir die übrigen Bewohner des Schlossgeländes."

Da mussten sie freilich einen weiten Bogen machen. Sie entdeckten, dass eine halb hohe und fast verfallene Mauer sich hinter dem Schloss entlangzog.

„Für die Kinder von hier muss das doch ein toller Spielplatz sein", meinte Nanni. „Wo könnte man besser Räuber und Gendarm oder Indianer spielen!"

Herr Huber lachte. „Du vergisst, wie weit das Schloss von unserem Dorf entfernt ist. Und die nächsten Orte sind noch weiter weg. Außerdem: der Spuk!"

„Na, davor fürchten sich die Kinder gewiss nicht."

„Aber ihre Eltern haben es ihnen sicher verboten, hierherzukommen. Vielleicht haben manche es sogar trotzdem versucht. Doch der alte Kunze und sein Hund werden sie gewiss schnell vertrieben haben."

Kurz darauf waren Hubers und die Zwillinge am anderen Ende der Mauer angelangt. Jetzt sahen sie das ehemalige Gärtnerhaus und die drei großen verwahrlosten Gewächshäuser; die hatten kaum noch eine heile Scheibe. Auf ihren kahlen Fensterrahmen wanderten drei Katzen entlang; andere schliefen auf der Mauer in der Sonne.

Hanni sah in das erste Gewächshaus hinein, fuhr aber schnell zurück. „Pfui, Spinne! Da drin, da stinkt's gewaltig!"

Die anderen lachten.

„Siehst du", meinte Herr Huber. „Auch das ist also kein angenehmer Spielplatz."

Das Gärtnerhaus sah richtig hübsch aus. In ein paar Fenstern standen Blumen und in dem kleinen Vorgarten blühten Rosen und Astern.

Erna merkte, dass eine alte Frau hinter der Gardine stand und sie beobachtete. „Kommt, wir wollen weiter", drängte sie. „Was sollen die Leute denken, wenn wir so neugierig hier herumschnüffeln?"

Sie wanderten wieder um das Schloss herum und auf die

andere Seite des Teiches, wo der alte Kahn lag. Dort entdeckten sie eine Hütte. Vielleicht hatten sich früher die Schlossbewohner darin zum Baden umgezogen? Eine Liege stand noch da und ein alter Garderobenständer.

„Geheimnisvoll ist das doch", meinte Nanni, als sie alles angeschaut und auch einen gewaltigen hohlen Baum in der Nähe entdeckt hatten: Darin führte eine schmale Leiter bis zu den Ästen hinauf. Dort oben musste ein Baumhaus gewesen sein, in dem gewiss einmal Kinder gespielt hatten. Ein paar Bretter und eine schief hängende Bank brachten die Zwillinge auf diesen Gedanken.

„Geheimnisvoll und ein bisschen traurig", fuhr Nanni fort. „So vieles ist noch deutlich zu erkennen von dem Leben, das Menschen früher einmal hier geführt haben. Und trotzdem ist alles vorbei. Keiner weiß etwas davon."

„Ja", sagte Hanni, „eigentlich müsste man weiter nachforschen, ob es nicht doch noch Erben gibt."

„Na, da könnt ihr ja einmal euer Glück versuchen", meinte Erna mit gutmütigem Spott, „aber ein bisschen älter müsst ihr dazu schon sein."

Den Zwillingen ging das Schloss nicht mehr aus dem Sinn. Sie erzählten ihren Eltern davon, als sie ihnen nach Spanien schrieben.

Auch Wachtmeister Huber hatte weiter über das Fest vor

dem Schloss nachgedacht. Er hatte den Bürgermeister besucht und ihm die Geschichte erzählt. Eines Abends kam der Bürgermeister zu Hubers. Es war der alte Herr, mit dem sich die Zwillinge im Zug unterhalten hatten.

„Da sind sie ja wieder", begrüßte er sie lachend, „meine netten Reisegefährtinnen. Nun, wie gefällt euch unser Rottleben? Ihr habt ja schon allerlei entdeckt, wovon hier kein Mensch wusste!"

Erstaunt sahen die Schwestern ihn an. Sie hatten sich inzwischen alle in die Gartenlaube gesetzt. Erna hatte Gläser und eine Flasche Wein geholt. Sie wusste, wie gern der Bürgermeister abends ein Glas trank.

„Ja", fing der alte Herr wieder an, „mit diesem Fest hat es seine Richtigkeit. Weil Herr Huber mir davon erzählte, habe ich beim Landratsamt nachgefragt. Man hat vor dem Schloss einen Film gedreht. Der Wachtmeister hatte also richtig getippt."

„Du?", fragte Erna ihren Mann. „Du hast das vermutet?"

„Ja!" Er lachte vergnügt und meinte: „Hanni und Nanni haben mich auf den Gedanken gebracht. Du weißt doch, dass sie von dem Sommerfest im Internat erzählten, bei dem auch Kübelpflanzen als Dekoration aufgestellt wurden. Und wo benutzt man solche Attrappen noch? Zum Beispiel beim Film. Als die Mädchen außerdem von Fotografen sprachen, war ich meiner Sache ziemlich sicher."

„Übrigens habe ich bei dieser Gelegenheit noch etwas Interessantes erfahren", erzählte der Bürgermeister. „Man hat doch von Zeit zu Zeit Aufrufe nach den Erben von Baron Harringer veröffentlicht. Da hat sich vor etwa einem Jahr jemand gemeldet. Von Australien hat ein Mann geschrieben. Er behauptet, dass seine Mutter Harringer hieß. Sein Vater war bürgerlich, die Mutter hatte sich in ihn verliebt und war mit ihm durchgebrannt. Eine ganz romantische Geschichte, nicht wahr, ihr beiden?"

Hanni und Nanni nickten eifrig. Das hörte sich an wie ein Roman!

Der Bürgermeister lächelte ihnen zu und fuhr fort: „Die Eltern des Mannes sind tot. Und er wusste nichts Genaues von ihrem Heimatort. Aber er schrieb: ‚Wenn ich genug Geld gespart habe, komme ich nach Deutschland. Und bis dahin versuche ich, auch noch Anhaltspunkte in den Papieren meiner Eltern zu finden'. Ja, das ist nun aber schon länger als ein Jahr her. Seitdem hat man nichts mehr von ihm gehört."

„Da sollte man aber doch etwas unternehmen!", rief Erna. „Ich meine: die Behörden!"

„Das wird schwierig sein. Ob der junge Mann – ich nehme an, dass er noch jung ist – eine feste Adresse angab, weiß ich nicht. Oder er hat inzwischen herausgefunden, dass alles ein Irrtum war. Wer weiß?"

„Und einstweilen verlottert alles weiter!“, rief Hanni empört. „Warum sucht man den Erben nicht von Neuem?“

„Australien ist riesig, außerdem ist da wahrscheinlich nicht alles so genau geregelt wie bei uns, wo man sich polizeilich an- und abmelden muss. Vorausgesetzt, dass es wirklich der richtige Erbe war“, meinte Herr Huber. „Immerhin ist vielleicht eine Lösung in Sicht.“

„Wir werden jedenfalls die Augen und Ohren offen halten“, versicherte Hanni. „Vielleicht finden wir doch eine weitere Spur.“

„Das wäre schön“, sagte der Bürgermeister lachend. „Der Erbe kann sich dann bei euch bedanken. Es ist nämlich keine Kleinigkeit, was er erbt!“

Neue Gesellschaft

Kurz darauf machten die Zwillinge aber eine andere Entdeckung und die war genauso überraschend wie die Geschichte mit dem Geisterschloss.

Ernas Mann erzählte beim Abendessen: „Heute haben wir eine weite Kontrollfahrt gemacht. Bis an den äußersten Zipfel unseres Gebietes – fast bis Stempelbach, und das gehört schon zum Nachbarkreis."

„Stempelbach?", riefen die Zwillinge.

„Nanu, kennt ihr den Ort?", fragte Herr Huber und sah die beiden erstaunt an.

„Stempelbach am Rodenberg?", erkundigte sich Hanni.

„Genau das!", nickte der Wachtmeister.

„Dort wohnt eine Freundin von uns, Jenny Robin!", sagte Nanni. „Die sollten wir besuchen, wenn wir so in der Nähe sind!"

„Wie weit ist es denn von hier? Wir können ja mit den Rädern hinfahren und vielleicht über Nacht bleiben", erkundigte sich Hanni.

„Ich weiß nicht recht“, überlegte Erna. „Es ist doch eine ziemlich weite Strecke, nicht wahr, Klaus?“

„Etwa sechzig Kilometer.“

„Da lasse ich euch nicht gern fahren, offen gesagt. Schließlich tragen wir beide, mein Mann und ich, die Verantwortung für euch. Eure Eltern sind im Ausland, die können wir also nicht fragen. Meint ihr nicht, dass wir sonntags mal hinfahren sollten?“

Die Zwillinge sahen sich an. Sonntags? Wenn Hubers mit dabei waren und sich in Stempelbach wahrscheinlich auch die ganze Familie versammelt hatte? Hanni und Nanni drucksten herum – sie wussten nicht, wie sie Erna klarmachen sollten, was sie dachten.

Wachtmeister Huber grinste. „Tja“, sagte er, „ich kann mir schon vorstellen, was in euren Köpfen vor sich geht!“

„So?“

„Ja, ihr überlegt krampfhaft: Wie sag ich's meinem Kinde – in diesem Fall: Wie sagen wir's Erna? Dass ihr euch nämlich einen Ferienbesuch bei eurer Freundin anders vorstellt. Ihr möchtet dann hübsch unter euch sein. Stimmt's?“

„So ungefähr“, sagte Nanni leise. „Wir wissen ja, dass Erna es gut meint. Aber ...“

„Da mache ich euch einen anderen Vorschlag und ich glaube, Erna ist auch damit einverstanden.“ Herr Huber sah seine

Frau an. „Wir laden eure Jenny hierher ein. Schreibt ihr, und wenn ihre Eltern Bedenken haben, dann können wir immer noch hinfahren, uns vorstellen und eure Freundin vielleicht gleich abholen. Einverstanden, Erna?"

„Freilich, das geht!"

Hach, war das eine Erleichterung! Die Zwillinge setzten sich noch am gleichen Tag hin und schrieben ...

Von Jenny kam postwendend Antwort. „Hervorragend! Wir dürfen fahren, mein Bruder und ich, und zwar mit den Rädern", schrieb sie. „Ich hoffe, eure Hubers haben nichts dagegen, dass Jürgen mitkommt! Ohne ihn darf ich nämlich nicht!"

„Prima!", rief Hanni, als sie gemeinsam den Brief lasen. „Jennys Bruder wollte ich längst mal kennenlernen. Von ihm hat Jenny die besten Streiche, die wir den Lehrerinnen in Lindenhof gespielt haben. Aber was werden Hubers sagen?"

„Natürlich darf er mitkommen", erklärte Erna später. „Schreibt nur gleich, oder ruft heute Abend an."

„Aber wo können die beiden schlafen?", fragte Hanni.

„Nebenan bei Webers. Wir helfen uns immer gegenseitig aus, wenn Gäste unterzubringen sind", sagte Erna. „Ich erkundige mich zur Sicherheit gleich, ob sie zurzeit Platz haben."

Schon am nächsten Tag waren die Geschwister in Rottleben. Jubelnd sausten die Zwillinge ihnen entgegen. Sie hatten sich am Vormittag im Haus nützlich gemacht, denn Erna hatte ja ihretwegen nun wieder eine ganze Menge Arbeit mehr.

„Lasst nur, mir macht es ja selber Spaß“, sagte sie, als die Zwillinge besorgt fragten, ob es ihr nicht zu viel würde. Und ihr Mann verzichtete an diesem Tag sogar auf die halbe Stunde Zeitunglesen in der Laube, weil auch er sich sehr über den Besuch freute. Ausführlich ließ er sich von den Geschwistern über ihre Fahrt berichten.

Nachmittags aber hielten Hanni und Nanni mit ihren Gästen in der Laube Kriegsrat. „Vor allem müsst ihr das Geisterschloss sehen!“, rief Nanni.

Jenny staunte und Jürgen lachte. Aber er lachte nicht mehr, als er von dem seltsamen Schrankschloss und von Nannis Bemerkung über Falschgeld hörte.

„Wisst ihr, dass in unserer Gegend seit einer Weile Falschgeld im Umlauf ist und dass man mit allen Mitteln versucht hat, die Bande zu fangen? Bis jetzt übrigens ohne den geringsten Erfolg.“

„Woher weißt du das so genau?“, wollte Hanni wissen.

„Ein Freund von mir hatte auch einmal einen falschen Zwanzigeuroschein und musste deshalb zur Polizei. Wir haben uns natürlich dahintergeklemmt, um mehr zu erfahren.

Der Polizeiinspektor hat uns sogar ermahnt, die Augen offen zu halten."

„Du, es könnte doch gut sein, dass die Bande hier einen Schlupfwinkel hat", meinte Nanni. „Vielleicht holen sie das Falschgeld immer hier ab, ehe sie es verteilen."

„Das wäre auch eine Erklärung für das Spuklicht", sagte Hanni nachdenklich. „Tagsüber ist es viel zu riskant, an den Schrank zu gehen. So, wie wir durchs Schloss liefen, so machen es vielleicht andere auch. Und dann ist noch der alte Kunze da."

„Wenn der bloß nicht mit den Verbrechern gemeinsame Sache macht!", rief Nanni.

Aber ihre Zwillingsschwester tippte sich an die Stirn. „Jetzt spinnst du. Der wird sich hüten. Ihn hätten sie ja sofort gefasst."

„Es war ja auch bloß ein Gedanke."

„Auf alle Fälle müssen wir das Schloss beobachten", sagte Jürgen.

Aber Hanni fragte sofort: „Kannst du uns verraten, wie wir nachts dort hinkommen? Erna darf unter keinen Umständen etwas merken."

„Darüber müssen wir nachdenken. Wir haben ja ein paar Tage Zeit", meinte Jürgen. „Jenny und ich dürfen zehn Tage hierbleiben. Schade ist bloß, dass wir im Dorf niemanden kennen, der mitmacht. Oder wisst ihr jemanden?"

Hanni und Nanni schüttelten den Kopf. Doch sie bekamen unvermutet Hilfe: Am nächsten Morgen erschien der Bürgermeister noch einmal, weil er mit Wachtmeister Huber sprechen wollte.

Er brachte seinen Enkel Peter mit, der ungefähr so alt war wie Jennys Bruder.

„Dich schickt ein guter Geist", rief Jürgen. „Stell dir vor: Ich sitze hier mit drei Mädchen einsam und verlassen. Willst du mir nicht beistehen?"

Der Bürgermeister hatte es gehört. Vergnügt schlug er Jürgen auf die Schulter. „Ich wollte ihn eben mit den Zwillingen bekannt machen, damit sie öfter gemeinsam etwas unternehmen. Peter ist nur über die Ferien bei mir zu Hause und freut sich gewiss über Gesellschaft."

Na also – das traf sich ja großartig!

Peter war ein lustiger Typ und so verstanden sich alle gut miteinander.

Am ersten Tag unternahmen sie nicht viel. Jenny und Jürgen wollten sich das Dorf genau ansehen. Dann zeigten ihnen Hanni und Nanni Hubers Haus und jeden Gartenwinkel. Anschließend gingen sie gemeinsam hinüber zum Bürgermeister. Dort war auch für die Zwillinge alles neu. Jetzt war es an Peter, ihnen alles zu zeigen.

Der Bürgermeister besaß ein uraltes Haus.

„Früher war es ein Gasthof für die Kaufleute, die mit Planwagen die Straßen entlangzogen“, erklärte ihnen Peter. „Das ist schon ein paar hundert Jahre her. Unsere Familie hat immer in diesem Haus gewohnt. Meine Vorfahren waren übrigens auch Handelsherren. Ihr seht das hohe Dach. Darunter liegen zwei Speicher, in denen früher die Waren lagerten.“

Sie durchstöberten das ganze Haus. Die Mauern waren so dick, dass in der Küche Schränke in Wandnischen Platz hatten. Und in einigen Zimmern waren die Decken gewölbt und mit allerlei Stuck verziert.

„Das ist ja beinahe wie im Schloss“, meinte Hanni.

Peter nickte. „Angeblich soll von einem unserer Keller ein Gang zum Schloss hinüberführen. Aber das glaube ich nicht. Sonst müsste man ihn doch längst gefunden haben.“

Natürlich wollten die Mädchen nun auch in den Keller hinunter.

„Dürfen wir denn?“, fragte Jürgen. Ihm war diese Neugier peinlich.

„Natürlich dürfen wir.“ Peter sah Jürgen erstaunt an. „Wer sollte es verbieten? Meinem Großvater ist das egal.“

„Und deine Großmutter?“

„Sie lebt schon lange nicht mehr. Den Haushalt führt die alte Lene. Bei der darf ich alles tun. Sie ist froh, wenn ich in den Ferien hier wohne.“

Die Keller waren sehenswert – wie das ganze Haus. Eine breite, steile Treppe führte hinunter.

„Siebzehn Stufen!", rief Jenny.

Unten teilten sich die Gänge: zum Wirtschaftskeller – mit Eingemachtem, mit Weinflaschen, mit Äpfeln und Kartoffeln – und zum Heizungskeller, in dem allerlei Gerümpel und Werkzeug lag.

„Ich will mir hier unten einen Hobbyraum einrichten", erklärte Peter. „Mein Großvater hat mir eine Heimwerkermaschine versprochen, wenn ich in die neunte Klasse komme. Hoffentlich schaffe ich es." Er öffnete die Tür zu einem Raum, der – bis auf einen alten quadratischen Tisch und ein Regal mit Hämmern, Zangen und Sägen – leer war. „Hier! Das wird der Hobbyraum!"

„Junge, Junge – so etwas wünsche ich mir auch", murmelte Jürgen.

Aber seine Schwester puffte ihn kameradschaftlich in die Seite. „Bis jetzt hast du eigentlich nur Sachen zusammengebastelt, wenn du für die Schule neue Streiche vorbereiten wolltest."

„Ist das vielleicht kein Hobby?", fragte Jürgen.

Beim Mittagstisch und abends erzählten die drei Freundinnen Hubers viel von Lindenhof.

Erna amüsierte sich köstlich über die französische Lehrerin, die auf alle Dummheiten hereinfiel und sich jedes Mal entsetzlich aufregte.

„Mamsell Fürchterlich haben wir sie früher immer genannt", berichtete Nanni. „Sie schrie nämlich immer ‚Fürchterlich – fürchterlich!', wenn eine Arbeit schlecht ausgefallen war oder eine von uns nicht richtig gelernt hatte." Die Zwillinge und Jenny lachten.

Immer wieder mussten sie erzählen, und bald wusste Erna, wer alles zu ihrer Klasse in Lindenhof gehörte: ihre Freundin Bobby, Mamsells heiß geliebte Nichte Claudine, die wilde Carlotta, die großartig reiten konnte, die eitle Angela von Faber, die ehrgeizige Sportwartin Marianne und ihre schüchterne Freundin Carla, Doris, eine geborene Schauspielerin, die besonders Mamsell wunderbar nachmachen konnte, und all die anderen, mit denen sie nun schon lange Zeit zusammen in Lindenhof zur Schule gingen.

„Und eure Cousine Elli ist auch dort?", fragte Erna. Sie erinnerte sich noch gut an das zimperliche, verwöhnte Mädchen, das ab und zu bei Sullivans zu Besuch war.

„Ja." Die Zwillinge nickten. „Und sie ist noch immer dieselbe Zierpuppe wie früher", sagte Hanni.

Aber Jenny nahm Elli in Schutz: „Sie hat sich in der letzten Zeit gebessert. Wenn man bedenkt, dass sie früher die verrücktesten Freundschaften schloss. Zum Beispiel mit ihrer angeschwärmten Sadie aus Amerika!"

„Sadie sagt ... – Sadie findet ... – so ging es die ganze Zeit", sagte Hanni, und Nanni rief: „Na, und wie sie die Willemer anhimmelte. Wisst ihr noch?"

Erna lachte laut los, als die drei Mädchen um die Wette Elli nachahmten, wie sie die dichtende Lehrerin bewundert hatte.

„Manchmal hatte ich schon Angst, es könnte euch bei uns langweilig werden", sagte Erna abends vor dem Schlafengehen zu Hanni und Nanni. „Deshalb bin ich froh, dass ihr nun Gesellschaft habt."

„Langweilig?", riefen die Schwestern wie aus einem Mund. „Bei dir ist es doch nicht langweilig, Erna."

„Aber natürlich ist es furchtbar nett mit den drei anderen", fügte Hanni hinzu.

„Und du bist unsere allerbeste, allerliebste Erna", schmeichelte Nanni.

„Ihr Schmusekatzen", wehrte Erna gerührt ab. „Nun schlaft recht gut und träumt etwas Schönes."

„Ja, von faulen Eiern und Fischen und lauter Schlangen!"

„Untersteht euch!"

Mit schallendem Gelächter verschwanden die Zwillinge in ihrem Dachstübchen.

Große Schlossbesichtigung

Die fünf Freunde beschlossen, sich das Schloss einmal gründlich anzuschauen. Sie brachen beizeiten auf, stellten die Räder in der kleinen Hütte am Teich ab, die Hanni und Nanni „Badehaus“ getauft hatten, und gingen zum Schloss.

Die Zwillinge führten ihre Freunde zuerst in den großen Raum, in dem sie schon gewesen waren. Dann öffneten sie auch die anderen Türen, die von einem langen Gang in die verschiedenen Zimmer führten. Da waren ein paar Wohnzimmer, die noch beinahe gemütlich wirkten. Nur lag eine dichte Staubschicht auf allen Möbeln, Glasschränke voller Gläser, ein paar schöne Truhen – das war neben Tischen und Stühlen die ganze Einrichtung. Manchmal schien es, als ob Sachen fehlten, ein paar Räume waren gar zu sparsam möbliert.

„Dies hier muss ein Schlafzimmer gewesen sein“, rief Jenny plötzlich. Auf Zehenspitzen schlichen die anderen ihr in das große Zimmer nach. Im Hintergrund stand ein zierlicher Frisiertisch mit verschiedenen Spiegeln und allerlei Töpfen und

Dosen. Eine Tür daneben ging ins Badezimmer, wo ein riesiger Ofen neben der Wanne stand.

Überhaupt die Öfen! Jetzt erst fielen sie den Kindern auf. Sie reichten fast bis an die Decke. Als die fünf nach den Feuerlöchern suchten, fanden sie die draußen am Gang, immer eines für zwei Öfen in benachbarten Zimmern. Schön verkleidete niedrige Holztüren waren davor. Jede führte in einen kleinen Raum, der etwa einen Meter lang, ebenso hoch und breit war.

„Das sind ja Öfen wie bei Hänsel und Gretel", meinte Hanni. „Wen soll ich hineinschieben?"

Niemand drängte sich danach.

„Wie viel Kohlen werden die Leute früher gebraucht haben, um das Schloss warm zu kriegen!", sagte Jürgen.

„Wahrscheinlich haben sie Holz genommen und in jedem Winter einen ganzen Wald verheizt", erklärte Peter. „Davon besaßen sie ja genug. Denkt nur, wie viel Wald heute immer noch zum Schloss gehört."

Nun ja, Peter wusste es von seinem Großvater. Und wieder einmal sagte Hanni: „Wenn man sich vorstellt, dass es irgendwo einen Menschen gibt, dem das alles gehört, und dass der es nicht weiß – das ist doch toll!"

„Vielleicht hat er nicht das Geld, um die weite Reise zu bezahlen", meinte Nanni nachdenklich.

„Jedenfalls finde ich: Wenn dies schon ein Geisterschloss ist, dann könnte sich einer der Geister bemühen, einen Erben herbeizuzaubern!“, sagte Jenny. „Das wäre doch wirklich eine Aufgabe für ihn!“

Die Freunde entdeckten ein Schreibzimmer, ein Jagdzimmer mit vielen Geweihen und einem großen Gewehrschrank – und ganz am Ende des Ganges eine Küche mit einem Riesenherd und unendlich vielen Pfannen, Töpfen und Tiegeln. Da kamen sie sich wieder wie im Märchen vor.

„Wenn man die Speisen aber erst von hier zu dem Saal dort vorn schleppen musste, war alles bestimmt schon kalt“, überlegte Jenny.

Jürgen lachte. „Mach die Augen auf: Hier nebenan war das Esszimmer! Sieh dir den runden Tisch an, der ist bestimmt zum Ausziehen. Und dort in den Wandschränken steht Geschirr.“

Natürlich – Jürgen hatte recht.

„Jedenfalls muss es schön gewesen sein, hier zu wohnen“, sagte Nanni. „Peter, hast du eine Ahnung, was das für Leute waren“?

„Nicht die geringste“, gestand Peter. „Offen gesagt, ich habe mich nie um das Geisterschloss gekümmert. Wahrscheinlich hat die alte Lene sich gehütet, mir davon zu erzählen. Sonst wäre ich bestimmt hier herumgekrochen.“

„Und der Gang?“, fragte Jenny.

„Was für ein Gang?“ Jürgen sah seine Schwester erstaunt an.

„Na, Peter hat doch erwähnt, dass vielleicht ein alter Gang vom Keller seines Großvaters hierherführte.“

„Ach, das ist bloß eine Sage“, wehrte Peter ab.

Doch was half es? „Wir suchen jetzt den Keller“, erklärten die drei Mädchen einmütig.

Der war aber gar nicht einfach zu finden. Sie hatten es schon beinahe aufgegeben, als Jürgen vorschlug, draußen zu suchen. Und siehe da: An der Seite war eine Tür, die aber verriegelt war. Doch der Riegel gab nach einigem Rucken und Schütteln nach. Er war verrostet und zerfiel, als er so gewaltsam bearbeitet wurde.

„Eine Kerze ... Wer hat eine Kerze?“, rief Nanni.

Natürlich Peter! Er hatte sich ausgerüstet wie ein Spurensucher aus einem Gespensterfilm.

„Wenn das schon ein Geisterschloss sein soll“, sagte er lachend, „muss man auch eine Kerze in der Tasche haben.“

Sie stiegen vorsichtig die Stufen hinunter. Unten gelangten sie in einen großen Raum mit Bänken an den Wänden und langen Tischen davor, Hängeschränken voller Becher und Gläser ... Schade, dass sie bei dem schwachen Lichtschein so wenig erkennen konnten.

Jürgen meinte: „Sicher hat der Schlossherr hier unten mit Freunden gebechert. Ob seine Frau das gewusst hat?"

Die Mädchen kicherten.

Aber Peter drängte: „Das Licht genügt nicht. Wir müssen mit Laternen wiederkommen."

„Den Boden wollen wir uns aber auch noch angucken", sagte Jenny. „Ich habe neben der Küche eine Tür gesehen. Hinter der führt eine flache Treppe hinauf!"

„Ihr könnt gern gehen", sagte Jürgen. „Oben fliegen euch sicherlich ein paar Fledermäuse entgegen und von Spinnen wimmelt es gewiss auch."

Da verzichteten die Mädchen.

Als sie zum Badehaus zurückkehrten, zeigten die Zwillinge ihren Freunden die Leiter in dem hohlen Baum. Hinaufklettern konnten sie nicht. Die Sprossen waren morsch.

Nur Peter versuchte es mit einem Klimmzug. Bis ans Baumhaus gelangte er. Aber die Bretter hingen so unglücklich zwischen den Ästen, dass er nicht daran vorbeikam.

„Das kriegen wir das nächste Mal", rief er den anderen zu, ließ die Beine hinunterbaumeln und landete mit einem großen Satz wieder auf der Erde.

„In Sport eine Eins!", rief Hanni anerkennend.

Peter nickte. „Sowieso, was anderes habe ich da nie gehabt!"

Mechthild musterte erstaunt die neuen Gäste, als sie am Wochenende erschien. Aber Jürgen spielte den Kavalier, holte ihr sofort einen Stuhl und war überaus liebenswürdig. Da änderte auch Mechthild ihr Benehmen. Bald war sie lustig und vergnügt.

„Was machen wir am Sonntag?“, fragte sie laut. Hubers horchten auf. Das klang ja, als ob Mechthild diesmal dabei sein wollte, wenn sie einen Ausflug machten!

„Wenn das Wetter schön bleibt, fahren wir zum Baden“, sagte Erna. „Der Bürgermeister fährt auch mit. Und Peter natürlich. In zwei Autos haben wir alle Platz.“

Das Wetter blieb schön. Der Fahrt zum Kellersee stand nichts im Wege …

„Das sind ja richtige Schleichpfade“, sagte Mechthild zu ihrem Bruder, als er sein Auto in einen Waldweg lenkte, den sie vor lauter Unterholz vorher nicht gesehen hatte. „Führt keine Straße zum See?“

„Nein“, antwortete er, „und das ist ein Glück. Sonst wären die Ufer längst übervölkert!“

Trotzdem mussten schon einige Badegäste dort gewesen sein. Am zerdrückten Gras, an zurückgelassenen Tüten und einer Kochstelle aus Feldsteinen stellten sie das fest.

Sie badeten, spielten auf der moorigen Wiese Federball und verloren dabei im weichen Untergrund immer wieder die

Leinenschuhe. Die Erwachsenen suchten sich trockene Plätze und hielten nach dem Picknick einen Mittagsschlaf.

„Kommt mit!", sagte Peter zu den Freunden. „Drüben in der Bucht wollen wir angeln!"

Er holte zwei Angelruten aus dem Kofferraum. Angelschnüre und Haken hatte er auch dabei. Von zwei Haselnussbüschen schnitt er sodann ein paar lange, geschmeidige Gerten.

„Die ergeben zwei zusätzliche Angeln", sagte er. „Mein Vater hat mir früher auch solche gemacht."

„Fischt dein Vater auch?", erkundigten sich die Zwillinge.

„Klar, diese Angelruten gehören ihm. Du bekommst eine, Jürgen."

Sie suchten sich in der Bucht Stellen, die Peter für günstig hielt: auf Holzstämmen, die im Wasser lagen, und auf großen Steinen.

„Vor allem müsst ihr ruhig sein und viel Geduld haben", sagte er mahnend.

Das wollten sie gern.

Aber einmal rutschte Mechthild aus und quietschte vor Schreck, einmal stach Nanni eine Mücke genau auf die Nase, und sie schlug entrüstet nach ihr, und schließlich bekam Jenny einen ihrer berüchtigten Kicheranfälle, für die sie in Lindenhof hinlänglich bekannt war.

„Entschuldigt“, rief sie, als sie sich einigermaßen erholt hatte. „Es ist aber zu komisch, wie wir alle mit todernsten Mienen dastehen und hoffen, dass vielleicht einmal ein Fisch anbeißt.“

Da mussten die anderen Mädchen auch lachen.

Jürgen dagegen meinte: „Euch fehlt eben der richtige Sportgeist.“

„Hast du eine Ahnung!“, gab Hanni empört zurück. „Du solltest uns mal in Lindenhof beim Handball sehen!“

„Angeln ist doch gar kein richtiger Sport“, meinte Mechthild. „Einfach still stehen und warten ... Na, ich weiß nicht.“

Doch die Frage „Sport oder nicht“ erübrigte sich, als Jürgen plötzlich aufgeregt rief: „Es hat einer angebissen!“

„Du musst aufspulen“, rief Peter, „und zuerst anreißen, dass sich der Haken festsetzt. Komm, lass mich mal!“

Er nahm Jürgen die Rute aus der Hand und zog kurz und heftig daran. Dann gab er sie ihm zurück. „Immer aufspulen“, sagte er, „und ruhig bleiben!“

Jürgen spulte und spulte.

„Ein schwerer Bursche muss das sein“, meinte er. „Kommt anscheinend von ganz unten!“

Mit einem Schrei hopste Nanni ans Ufer und warf sich lachend auf die Erde. Jürgen machte ein reichlich betretenes Gesicht und wollte seinen Fang sofort wieder ins Wasser schleudern. Aber Peter war schneller, riss ihm die Angel aus der Hand und schwenkte sie mit aller Macht ans Ufer.

Am Angelhaken hing ein Plastiktier, wie Kinder es zum Schwimmen oder Spielen mit ins Wasser nehmen. Wenigstens handelte es sich um den Überrest eines derartigen „Tieres“. Die Hülle war gerissen, die Luft entwichen und die grüne Form platt gepresst.

„Lass doch mal sehen“, sagte Peter zu Jürgen. „Untersuchen soll man so einen Fang immer!“

Offenbar war das kaputte Ding ein Krokodil gewesen, giftgrün, mit einem langen Kopf und spitzen weißen Zähnen. Und mit riesigen roten Nasenlöchern!

„Länger als ein Meter!“, stellte Peter fest. „Ein richtiges Seeungeheuer!“

Sie lachten und überlegten laut, wozu Jürgens Beute wohl gut sein könnte.

Plötzlich erklang hinter ihnen Herrn Hubers Stimme: „Das ist ja eine reizende Bescherung! Ich bin Ordnungshüter in diesem Bezirk und muss meine Gäste, ja, sogar meine Schwester beim wilden Angeln ertappen! Habt ihr am Waldrand nicht das Schild gelesen: Angeln ohne Erlaubnisschein ist strengstens verboten?“

Betroffen sahen alle ihn an. Redete er im Ernst, oder machte er Spaß? Du liebe Zeit – niemand hatte sich etwas

Schlimmes bei der Angelei gedacht. Das Schild ... Wer hatte schon darauf geachtet?

„Kinder, Kinder, ihr könnt einen wirklich in Verlegenheit bringen“, sagte Herr Huber. Er wischte sich den Schweiß von der Stirn. „Wenn das nun jemand beobachtet hätte!“

Der Bürgermeister lachte. „Lieber Huber, Sie haben eines übersehen: Unter dem Verbot steht: Das Bürgermeisteramt Rottleben. Und der Bürgermeister bin ich. Außerdem habe ich den finsteren Verdacht, dass mein Enkelsohn die anderen zu diesem ‚Gesetzesbruch‘ angestiftet hat. Stimmt's, Peter? – Na also!“

Da lachten alle befreit auf. Erna, die ihren Mann die ganze Zeit beschwichtigend am Ärmel gezupft hatte, fragte: „Was habt ihr überhaupt gefangen? Reicht es fürs Abendbrot?“

Unter lautem Hallo wurde das Krokodil vorgezeigt.

„Auf den ausgestandenen Schrecken hin lade ich die ganze Gesellschaft zu einer Riesenportion Eis ein“, sagte der Bürgermeister. Er sah Hubers an: „Wer will, kriegt Eiskaffee.“

So gingen sie zu den Autos zurück und fuhren in die nächste Ortschaft, in der ein Café war. Peter hatte das „Krokodil“ mit dem Angelzeug im Kofferraum verstaut.

„Ich habe eine Idee, was man damit anfangen könnte“, sagte er leise zu Nanni, die ihn beobachtet hatte.

Was mochte er vorhaben?

Das Ungeheuer im Geistersee

Diese Frage stellte Nanni am anderen Morgen laut, während sie und Hanni mit Jenny und ihrem Bruder zum Bürgermeisterhaus hinüberfuhren, um Peter abzuholen.

Sie lehnten ihre Räder an den Zaun und warteten, bis Peter sein Rad aus der Scheune geholt hatte. Er brachte ein großes Paket mit.

„Draußen vor dem Dorf erfahrt ihr, was da drin ist", erklärte er geheimnisvoll. „Wir fahren zur nächsten Reparaturwerkstatt."

„Peter hat immer etwas Besonderes auf Lager", sagte Hanni zu ihrer Schwester. „Ich bin wirklich gespannt!"

Sie fuhren zu der kleinen Werkstatt, in der Jürgen gleich am Morgen nach ihrer Ankunft einen Schlauch hatte flicken lassen. Peter wickelte sein Paket aus. „Kannst du das flicken, Heinz?", fragte er den Lehrling, der sie begrüßte, und zeigte ihm das Krokodil.

Die anderen lachten. „Was willst du denn damit?", rief Jürgen.

„Passt auf“, sagte Peter, „wenn Heinz es fast geflickt hat, lassen wir die Hülle halb voll Wasser laufen. Dann wird das Loch ganz geschlossen.“

„Und dann?“, erkundigte sich Hanni neugierig.

„Das werdet ihr schon sehen!“, antwortete Peter.

Heinz gab sich alle Mühe. Sein Chef nickte Peter zu. „Schafft Heinz es allein?“

„Klar, Herr Herrmann. Danke schön! Eigentlich hätten wir es selber machen können. Aber in der Werkstatt geht's schneller.“

Er bezahlte am Schluss eine Mark, nahm das halb mit Wasser gefüllte Krokodil unter den Arm und schwang sich auf sein Rad. Die anderen folgten ihm. Das Wasser gluckerte und gurgelte in der Hülle, wenn Peter den Arm drehte, und das Tier nahm die merkwürdigsten Formen an. Jenny kicherte wieder laut und ansteckend.

Peter machte einen weiten Bogen um Rottleben und fuhr dann in Richtung Geisterschloss. Am Teich machte er Halt.

„Nun werden wir das Biest noch mit Luft vollpumpen und es in den See befördern“, erklärte er. „Jürgen, kannst du es aufpumpen?“

Er selber stand bald in der Badehose auf einem Baumstamm, der ins Wasser ragte. Mit dem prallen Krokodil unterm Arm sprang er in den Teich. Etwa in der Mitte setzte er das Plastiktier aus und schwamm zurück. Jetzt wurde den anderen klar, was das Ganze sollte und was Peter sich bei all dem gedacht hatte: Das Krokodil tauchte zur einen Hälfte ins Wasser, zur anderen ragte es über die Oberfläche. Durch die Bewegung im Wasser nickte es auf und ab und schien zu schwimmen.

„Das ist ja beinahe wie das berühmte Ungeheuer in dem See in Schottland", rief Jürgen, „im Loch Ness."

„Richtig!" Hanni begriff sofort. „Dies ist Nessie Nummer zwei, Nessie vom Geisterschloss."

Na, das war ein Spaß! Solange Peters Schwimmbewegungen Wellen im Teich verursachten, klappte es herrlich. Zu ihrem Vergnügen gab es aber auch sonst Leben im Teich – durch die Wasservögel und durch den Wind. Nessie blieb in Bewegung.

„Verratet niemandem etwas davon!", sagte Peter. „Wir wollen abwarten, ob jemand unser Krokodil entdeckt."

Schneller, als sie gehofft hatten, trafen die ersten Nachrichten ein.

Schon am nächsten Tag erzählte Erna beim Mittagstisch: „Stellt euch vor: Im Geisterschloss ist es doch nicht geheuer! Die Bäckersfrau ist gestern Abend mit dem Rad durch den Park gefahren, um den Weg von der Alten Mühle abzukürzen. Und da hat sie im Dämmerlicht gesehen, dass mitten im Teich irgendein seltsames Tier herumschwamm. Es war ihr ganz unheimlich zumute, hat sie gesagt."

Herr Huber sah seine jungen Gäste an. Sie hatten dunkelrote Gesichter bekommen und tauschten verstohlene Blicke – auf einmal prusteten sie los.

„Erna", rief Nanni lachend, „du darfst es der Bäckersfrau nicht weitersagen. Aber im Teich schwimmt das Krokodil, das Jürgen am Sonntag aus dem Kellersee gefischt hat."

Verdutzt hörte Erna sich die Erklärung an. Dann lachte sie mit den anderen.

Herr Huber amüsierte sich köstlich. „Ihr habt recht, man sollte es wirklich nicht weitersagen", meinte er. „Erst müssen wir mal sehen, was für Blüten der Aberglaube treibt."

Die Bäckersfrau erzählte allen, die bei ihr Brot und Semmeln holten, ausführlich von dem „Untier am Geistersee", wie sie es nannte. Und das „Untier" wurde dabei immer größer und furchterregender.

„Wer weiß, was das bedeutet", sagte beim Kaufmann eine alte Frau, als die Zwillinge für Erna einkauften. „Vielleicht kommt eines Tages doch noch einer, dem das Schloss gehört."

Sie und ein paar andere Kundinnen steckten die Köpfe zusammen. Die Mädchen verstanden nichts weiter.

Doch einige Jungen mussten wohl auch von der Sache gehört haben. Neugierig fuhren sie zum Schlossteich. Weil es ihnen aber doch nicht recht geheuer war, blieben sie in einiger Entfernung vom Ufer stehen.

So merkten auch sie nicht, wer in Wirklichkeit hinter der ungeheuerlichen Nessie steckte …

Als Hanni und Nanni wieder einmal zum Vergnügen der Tischrunde einen Bericht vom „Ungeheuer im Geistersee" gaben, so, wie sie ihn unterwegs gehört hatten, sagte Erna: „Ich muss mir das auch mal anschauen!"

Nach Dienstschluss holte Herr Huber also den Wagen aus der Garage. Jürgen und die drei Mädchen schwangen sich auf ihre Räder und ab ging's – Richtung Geisterschloss. Hubers waren natürlich eher dort und beobachteten vom Ufer aus, wie das Plastikkrokodil langsam nickend herumschwamm – immer noch ungefähr in der Mitte des Teiches.

„Endlich einmal vernünftige Menschen, die nicht gleich schreiend flüchten, wenn sich auf dem Teich etwas rührt!", sagte jemand hinter ihnen. Es war die Tochter der Katzenfreundin aus dem Gärtnerhaus. Sie sprachen noch zusammen, als Hubers junge Gäste herangeradelt kamen.

Lachend gestanden sie der Fremden, welchen Spaß sie sich gemacht hatten.

„Das glaubt euch doch keiner", sagte die Fremde. Sie hieß Irene Wagner, wie sich herausstellte. „Lasst die Leute ruhig bei ihrem Glauben. Sie nehmen es euch sonst bloß übel, wenn sie sich nicht mehr graulen müssen. – Ist es nicht so?", fragte sie Herrn Huber, der schmunzelnd nickte. „Die sollten einmal meine Sorgen haben", fuhr Frau Wagner fort. „Mir ist jetzt schon ein paarmal Falschgeld in die Kasse gekommen und ich habe keine Ahnung, wie."

Falschgeld? Der Wachtmeister horchte auf und auch die Freunde spitzten die Ohren.

Frau Wagner war die Kassiererin, von der Mechthild erzählt hatte. „Wie ein Luchs passe ich auf. Aber gestern Abend war doch wieder ein falscher Zwanziger dabei. Ich habe es beim Abrechnen gemerkt und ihn durch einen Schein aus meiner eigenen Tasche ersetzt. Doch so kann das nicht weitergehen! Wenn ich den Kerl erwische", rief sie zornig, „der kann sich auf was gefasst machen!"

Herr Huber sagte: „Eine Tankstelle in der Umgebung hatte in letzter Zeit auch zwei oder drei falsche Scheine in der Kasse. Das bleibt aber unter uns! Wir von der Polizei wissen einstweilen auch nicht mehr und möchten die Ganoven nicht vorzeitig warnen."

Auf der Rückfahrt rief Hanni den anderen zu: „Jetzt müssen wir aber unbedingt etwas unternehmen! Wir sagen nachher Peter Bescheid."

„Und wir – Jenny und ich – wollen versuchen, dass wir

noch ein paar Tage länger bleiben dürfen“, sagte Jürgen. „Rechnet mal: Von den zehn Tagen ist nicht mehr viel übrig; heute ist schon der siebente Tag! Wir schaffen es unmöglich, in so kurzer Zeit hinter das Geheimnis des Schlosses zu kommen und auch noch die Falschgeldgeschichte aufzuklären.“

„Du scheinst also fest anzunehmen, dass die beiden Dinge miteinander zu tun haben?“, fragte Jenny.

„Na, darüber waren wir uns doch einig“, meinte Nanni. „Oder denkt jemand etwas anderes?“

„Durchaus nicht“, sagte auch Peter. „Erwiesen ist es aber nicht, das dürft ihr nicht vergessen. Doch nun die Hauptsache: Wie gehen wir vor?“

„Wir beide“, antwortete ihm Jürgen, „sollten nachts das Schloss beobachten. Ich kann leicht durchs Fenster entwischen. Und du?“

„Kleinigkeit! Wann treffen wir uns?“

Sie beschlossen, um halb elf in der Nacht an der großen Scheune hinter dem Bürgermeistergehöft zu sein.

Nun war noch die Frage zu klären, wie lange Jenny und Jürgen in Rottleben blieben. Erna hatte bisher nicht danach gefragt. So erkundigte sich Hanni abends scheinbar zufällig: „Müsst ihr eigentlich zu einer bestimmten Zeit zurück sein?“

„In drei Tagen.“ Jenny machte bei diesen Worten ein möglichst bedrücktes Gesicht.

„Schon?“ Nanni seufzte. „Schade!“

Nun war Erna dran – fanden die Mädchen. Und tatsächlich: Erna, der sie da ein richtiges Theater vorspielten, fragte prompt: „Könnt ihr denn nicht länger bleiben?“

Jenny und Jürgen zögerten mit der Antwort. Endlich sagte Jürgen: „Unsere Eltern möchten nicht, dass wir Ihnen zu lange zur Last fallen.“

„Nun hört aber auf mit solchem Unsinn!“, rief Erna. „Hast du das gehört, Klaus?“, fragte sie ihren Mann, der am Schrank in Büchern blätterte.

„Hab ich“, erwiderte er. Nun kam er an den Tisch und wandte sich an die Geschwister: „Wenn ihr wirklich sonst keinen Grund zur Rückfahrt habt, dann meine ich dasselbe wie meine Frau: Bleibt ruhig noch eine Weile hier! Hanni und Nanni macht es riesigen Spaß, ihre Ausflüge mit euch zusammen zu unternehmen. Und wir beide freuen uns, dass es in unserem Haus so lustig zugeht. Wir möchten euch gern noch hier behalten.“

So herzlich und freundschaftlich klang das, dass die jungen Verschwörer richtig verlegen wurden. Jürgen räusperte sich schließlich. „Aber unsere Eltern …“, murmelte er.

„Das werden wir gleich haben“, sagte Herr Huber. „Wie ist eure Telefonnummer?“ Er ging hinüber in sein Büro und kam nach kurzer Zeit lächelnd zurück. „Eine gute Woche haben die Eltern zugelegt. Ihr braucht erst am Montag in einer Woche heimzufahren."

Der Jubel, der nun losbrach, war echt. Noch zwölf Tage, da müssen wir es schaffen!, dachten die vier.

Seltsame Spuren

In der Nacht waren die Jungen draußen im Schlosspark gewesen …

Morgens am Frühstückstisch sahen die Mädchen Jürgen neugierig an. Er gähnte ein paarmal, zuckte aber nur die Schultern. „War nichts los“, murmelte er, als Erna gerade nicht in der Nähe war.

Sie gingen bald zu Peter hinüber. Der lachte. „Jürgen hat euch sicher schon erzählt, dass im Schloss alles still und dunkel blieb. Das war unser erster Versuch. Wer sagt denn, dass es sofort klappen muss? Aber bei mir wäre es beinahe schiefgegangen. Als ich kurz nach drei vor dem Haus stand, war bei der alten Lene Licht. Und ich musste unter ihrem Fenster vorbei. Die Lene hat einen leichten Schlaf, das weiß ich, und sie hört noch verflixt gut. Mir blieb nichts anderes übrig, als das Rad an den Zaun zu stellen und zurück um den ganzen Hof zu schleichen, damit ich an mein Fenster konnte. Und ausgerechnet da begegnete mir der alte Buschmüller, der von der Schicht in der Molkerei kam. Ich weiß nicht, ob er mich erkannt hat. Er blieb anscheinend stehen und sah mir nach – wenigstens hörte ich seine Schritte plötzlich nicht mehr auf dem Pflaster. Deshalb musste ich noch mal an unserem Hof vorbei – und um die Ecke herumgehen. Nach halb vier war ich endlich im Bett. Mein Rad habe ich vorhin erst hereingeholt. Aber heute Nacht ziehen wir wieder los, was, Jürgen?"

In dieser Nacht stupste Jürgen, der gegen Mitternacht gerade die Wache übernommen hatte, Peter aus seinem leichten Dämmerschlaf. „Komm", sagte er leise, „und nimm dein Fernglas mit."

Peter war sofort hellwach. Im Schloss schien ein Licht herumzugeistern. Von Zeit zu Zeit sah man durch die hohen Fenster einen Schein. „Komm", flüsterte Peter.

Die beiden Jungen liefen zum Schloss – lautlos auf ihren Gummisohlen, aber doch nicht unbemerkt. Denn plötzlich schlug ein Hund an. Das Ungetüm vom alten Kunze bellte. Dann hörten sie schon seinen Herrn rufen. Das Licht war inzwischen erloschen und nach ein paar Minuten war alles still. Die beiden Jungen gingen vorsichtig weiter. Doch sie fanden nichts.

„Komm in den Saal", flüsterte Peter leise.

Sie schlichen zur Rückseite des Schlosses und öffneten behutsam die Tür. Peter leuchtete zum Schrank, den die

Zwillinge ihm gezeigt hatten. Er war geschlossen, aber eine neue Fußspur schien hinzuführen. Während sie noch darauf zugingen, spürten sie einen leichten Luftzug. Die Tür klappte. Sie fuhren herum.

„Mensch, sind wir blöd!", sagte Peter. „Warum haben wir uns nicht erst umgeschaut? So konnte unser Geist entwischen."

Sie sausten ins Freie, entdeckten aber natürlich nichts mehr. Nur der Hund bellte wieder, war aber bald still.

„Da bleibt uns nichts übrig, als nach Hause zu verschwinden", meinte Jürgen gähnend, als sie langsam zum Badehaus zurückgingen. „Ein zweites Mal kommt der heute bestimmt nicht. Ich freue mich vielleicht aufs Bett!"

Sie holten die Räder und sahen noch einmal zum Schloss, dessen Umrisse in der Finsternis kaum zu erkennen waren.

„Wissen möchte ich doch, wo der ‚Geist' seinen Schlupfwinkel hat", meinte Peter. „Beim alten Kunze vielleicht? Erzählten die Mädchen nicht, dass dort öfter ein Vertreter aufkreuzt?"

Es traf sich gut, dass ausgerechnet dieser Vertreter am nächsten Tag im Nachbarort bei den Kaufläden die Runde machte. Die Freunde waren in ein Geschäft gegangen, um sich zwei Flaschen Limonade zu kaufen, denn sie hatten Durst. Da bemerkte Peter den jungen Mann, der im Hintergrund mit der Geschäftsfrau verhandelte. Er zog Jürgen an die Tür, sagte schnell zu den Mädchen: „Wir warten vor dem Haus", und schon waren die Jungen draußen.

„Ist doch nicht nötig, dass er uns sieht", erklärte er später. „Vielleicht hat er heute Nacht doch einen von uns erkannt, falls er im Schloss gewesen sein sollte!" Sie fuhren eilig aus dem Dorf und bogen auf einen Seitenweg ein.

Die Jungen beschlossen, diesmal nachts zu Hause zu bleiben. Es war wenig wahrscheinlich, dass der Einbrecher oder Falschgeldverteiler, oder was immer er sein mochte, gleich wieder herumgeisterte. Gegen Morgen fing es an zu regnen. Erst kurz vor Mittag besserte sich das Wetter. Da kam Peter auf eine Idee: „Wollen wir nicht am Nachmittag einmal zum Schloss fahren und nach irgendwelchen Spuren suchen? In dem nassen Boden kann man leicht welche entdecken."

Klar, das war ein guter Vorschlag!

Sie fanden Reifenspuren. Ein Auto war vom Gärtnerhaus bis zur Rückseite des Schlosses gefahren. Die vordere Auffahrt hatte der Mann wohlweislich gemieden. Anscheinend war er dann auf dem gleichen Weg zurückgefahren.

Sie folgten den Spuren bis zur Straße. Ihre Räder hatten sie durch den Park geschoben. Nun stiegen sie wieder auf und fuhren in die Richtung, die Rottleben entgegengesetzt war.

Peter, der am Schluss fuhr, rief den anderen plötzlich nach: „Halt!"

Er sprang vom Rad und zeigte ihnen eine zweite Spur.

„Sie kommt auch vom Schlossgelände, ist aber frischer als die andere!"

Sie gingen ein paar Schritte zurück: Da hatte tatsächlich noch ein Auto in der Nähe des Gärtnerhauses geparkt und war von dort aus in Richtung Rottleben gefahren! Ratlos sahen sich die Freunde an. Also waren womöglich zwei Besucher im Schloss gewesen und einer von ihnen vielleicht danach sogar in Rottleben?

„Wenn sich wirklich ein Fremder in Rottleben aufgehalten hat, dann erfahren wir das immer noch", sagte Jürgen. „Ich bin der Meinung, dass wir der anderen Spur folgen sollten."

Also gut! Sie stiegen wieder auf und fuhren los. Nach ein paar Metern kam ein schmaler Weg, eine Art Feldweg, und sie konnten an den Reifenabdrücken erkennen, dass der erste Wagen dort abgebogen war. Großartig – auf der Landstraße wären die Spuren bald nicht mehr zu erkennen gewesen! Jürgen und Peter fuhren voraus, sprangen manchmal vom Rad und überzeugten sich, dass sie noch auf der richtigen Fährte waren.

Sie durchquerten ein Waldstück und standen plötzlich auf einer wunderschönen Wiese: Die war kaum noch feucht, obwohl es doch vormittags geregnet hatte. Am Rande blühten

Steinnelken, und es standen da viele Himbeerbüsche mit reifen Beeren – es war eine Waldwiese wie aus dem Märchenbuch! Und ganz hinten entdeckten die Freunde eine winzige Blockhütte, in der wohl im Winter Wildfutter lagerte oder wo gelegentlich Holzarbeiter Unterschlupf fanden. Neben der Hütte aber – Hanni kniff vor Überraschung oder im Triumph Nanni und Jenny in den Arm – stand ein dunkelgrüner Wagen!

Die Jungen hatten das Auto auch entdeckt, zogen sich hinter die Büsche zurück und winkten den Mädchen, ihnen zu folgen.

„Wo es hier so viele Himbeeren gibt?", rief Hanni und zeigte den beiden einen Vogel. „Nein, jetzt wird erst tüchtig gefuttert!"

Peter und Jürgen mochten drohen, so viel sie wollten, die drei zogen begeistert von einem Busch zum anderen. „Hier gibt es noch viel mehr." – „Und hier erst!", feuerten sie sich gegenseitig an. Und dabei kamen sie der Hütte immer näher. Da fiel endlich auch bei den Jungen der Groschen. Die waren ganz schön clever, diese Mädchen! Sie pirschten sich unauffällig wie immer an die Stelle heran, die ihnen interessant erschien.

„Hallo, ihr Mädchen, wo seid ihr?", rief Peter und verließ langsam die Deckung.

„Na, kommt ihr endlich?“, rief Jenny ihnen entgegen. „Reichlich lahm, die Herren!“

„Hach, seht mal, ein Auto!“ Hanni tat, als hätte sie bisher nichts davon bemerkt. „Ob ein Jäger oder gar der Förster hier ist?“

„Wir können ja nachschauen.“ Peter ging sofort auf das Spiel ein und marschierte schnurstracks zur Hütte. Er blickte durchs Fenster. „Niemand drin. Das Auto hat außerdem ein fremdes Kennzeichen!“

„Es stammt aus unserem Landkreis“, sagte Jürgen. „Vielleicht kennen wir den Besitzer sogar.“

„Glaub ich nicht“, sagte jemand hinter ihnen. „Es ist nämlich ein Leihwagen.“ Ein junger Mann kam aus dem Wald. Er hatte sich anscheinend Pilze fürs Abendessen gesucht. „Wie habt ihr euch denn in diese Waldeinsamkeit verirrt?“, fragte er. „In den zwei Tagen, die ich hier wohne, habe ich ringsum keinen Menschen gesehen.“

Sein Gesicht war offen und freundlich. Er machte einen so netten Eindruck, dass von den fünf Freunden jeder bei sich dachte: Wenn Falschgeldbetrüger so aussehen, dann müsste man sie eigentlich gern haben! Freilich – wie heißt das Sprichwort? – der Schein trügt! Auffallend war seine Sprache: ein ganz reines, klares Hochdeutsch. Am Klang war beim besten Willen nicht festzustellen, woher er kam.

„Was machen Sie denn hier?", fragte Peter.

„Urlaub! Ich schaue mir die Gegend gründlich an, weil ich vielleicht einmal herziehen möchte. Vielleicht!"

„Bleiben Sie länger hier?", erkundigte sich Jürgen.

„Das hängt nicht allein von mir ab."

„Ach, sind Sie vielleicht mit einem Auftrag hier?", fragte Jenny rasch.

„Auftrag? Nein, in eigener Sache – möchte ich sagen." Er schmunzelte über ihre drängenden Fragen und sie konnten ihn beim besten Willen nicht weiter aushorchen. Deshalb verabschiedeten sie sich.

Er fragte sie zum Schluss: „Woher kommt ihr eigentlich? Wohnt ihr hier? Wisst ihr über das Schloss Bescheid, wisst ihr vielleicht, wem es gehört?"

Die Freunde antworteten zurückhaltend und fuhren bald los. Als sie aus der Sichtweite des Fremden waren, hielten sie an.

„Habt ihr gemerkt, wie gern er wissen wollte, ob wir uns im Schloss auskennen? Er wollte in Erfahrung bringen, ob er unbemerkt dort arbeiten kann!", sagte Hanni.

„Arbeiten!" Jenny lachte. „Sein Falschgeld verstecken, meinst du wohl. Und geistern, damit sich niemand ans Schloss heranwagt!"

„Deshalb war es schlau von uns, nicht zu verraten, dass wir

uns im Schloss recht gut auskennen“, sagte Jürgen, „und ich bin dafür, dass Peter und ich heute Nacht noch einmal dort auftauchen und beobachten, was vor sich geht.“

„Aber diesmal nicht ohne uns!“, riefen die Mädchen. „Wir kommen auf jeden Fall mit.“

„Morgen ist aber Sonntag“, wandte Peter ein „Wenn ihr nicht ausgeschlafen habt und ständig gähnt, werden Hubers vielleicht etwas merken. Außerdem schläft Mechthild heute im Zimmer neben euch. Ich halte nichts davon, wenn ihr ausgerechnet in dieser Nacht mitkommt.“

Das sahen die Zwillinge ein. Recht war es ihnen nicht. „Lasst es darauf ankommen“, flüsterte Nanni den beiden anderen zu.

Der geheimnisvolle Fremde

Ausgerechnet an diesem Abend erwähnte Herr Huber wieder einmal das Thema Falschgeld. „Wir haben Anweisung bekommen, genau acht zu geben", berichtete er. „Bitte passt auch ihr gut auf, ob ihr etwas bemerkt. Ich werde mich bei Frau Wagner erkundigen, ob bei ihr noch einmal ein falscher Schein aufgetaucht ist."

„Dürfen wir das tun?", fragte Jürgen schnell. „Wir können noch heute Abend zu ihr fahren."

„Nein", rief Erna sofort. „Die Mädchen auf keinen Fall!"

Weil ihr Mann aber Jürgens Vorschlag gut fand – unverfänglicher jedenfalls, als wenn er, der Polizist, zu Frau Wagner ging –, holte Jürgen Peter ab und sie fuhren ins Gärtnerhaus. Nein – Frau Wagner konnte ihnen leider keinen Tipp geben. Sie versprach jedoch, die Augen offen zu halten und den Wachtmeister sofort zu benachrichtigen.

Die beiden Jungen konnten es nicht lassen, auf dem Rückweg durch den Park zu fahren. Ob Nessie noch im Teich herumgondelte? Wahrhaftig – dort kreuzte das Krokodil zwischen ein paar Teichhühnern, die keine Notiz von ihm nahmen. Nessie war anscheinend zwischen den Wasserbewohnern schon eingebürgert!

„Du, guck mal!“, rief Peter plötzlich. Er sprang vom Rad und winkte Jürgen ins Gebüsch. Da ging doch wahrhaftig der Mann, den sie nachmittags getroffen hatten, zum Badehaus!

Die Jungen beobachteten ihn. Er spähte in die Hütte hinein, dann in den hohlen Baum, wo er anscheinend die Leiter überprüfte, und wanderte zum Schloss zurück. Vorsichtig folgten ihm die Jungen.

„Er untersucht das Gelände nach einem passenden Versteck“, raunte Peter.

Jürgen wollte widersprechen: „Ja, aber ...“ Doch Peter gab ihm ein Zeichen zu schweigen. Der Fremde war stehen geblieben, holte ein Blatt Papier hervor, das er studierte. Er schien sich danach zu richten. Jetzt ging er zur rechten Seite des Gebäudes. Aha: Er suchte die Kellertür. Da: Jetzt hatte er sie gefunden. Er sah die Stufen. Doch es war ihm wohl zu finster. Er machte kehrt, ging ums Schloss herum, und gleich darauf hörten die Jungen ein Auto wegfahren. Sie sahen sich an.

„Wonach hat der wohl gesucht?“, fragte Jürgen. „Wahrscheinlich nach einem neuen Versteck. Wenn er es war, den wir gestern gestört haben, dann wird ihm der Schrank im Saal nicht mehr sicher genug sein.“

„Auf jeden Fall halte ich es für sinnlos, heute Nacht das Schloss zu überwachen. Der muss ja die neue Bleibe für sein Falschgeld erst auskundschaften."

„Sag mal, Peter", fing Jürgen auf der Rückfahrt noch einmal an, „hältst du den Mann wirklich für einen Verbrecher? Ich fand, er sah grundanständig aus."

„Aber was sollte er sonst hier machen?"

„Lach mich nicht aus, Peter, und sag den Mädchen nichts! Aber wenn das nun der junge Mann aus Australien ist, der vielleicht das Ganze erbt? Dein Großvater hat doch davon erzählt."

„Und der kampiert draußen in einer Hütte? Jürgen, du hast wirklich eine blühende Fantasie!"

Sie trennten sich vor Hubers Haus.

„Heute Nacht also nicht", sagte Peter. „Und morgen – haben Hubers etwas geplant?"

„Wahrscheinlich kommt es aufs Wetter an. Das Barometer ist noch weiter gefallen, tiefer geht's beinahe nicht. Da wird es gewiss nichts mit einem Ausflug. Auf alle Fälle sehen wir uns aber. Gute Nacht!"

„Gute Nacht, Jürgen!"

Mechthild war eingetroffen und saß mit den drei Mädchen zusammen. Erna war noch in der Küche beschäftigt. Jürgen berichtete dem Wachtmeister, was Frau Wagner gesagt hatte, und holte sich dann ein Buch aus dem Regal. Aber er war viel zu müde zum Lesen. Die beiden durchwachten Nächte ... Ein Glück, dass er heute ins Bett gehen konnte.

Was Peter vorausgesagt hatte, traf ein: Am nächsten Morgen schüttete es. Das kann ein langweiliger Tag werden – dachten die Zwillinge und ihre Freunde. Mechthild hatte den gleichen Gedanken. Sie ging ins Dorf, um ein paar Bekannte zu besuchen. Inzwischen erschien Peter mit einer tollen Nachricht – einer „supertollen", behauptete Nanni. Der Erbe des Geisterschlosses hatte sich gemeldet! Er war persönlich bei Peters Großvater aufgekreuzt, hatte sich als Sohn einer Harringer-Tochter vorgestellt und sich nach dem Schloss und den dazugehörigen Ländereien erkundigt.

„Hatte er einen Ausweis?", fragte Wachtmeister Huber.

„Tja ...", sagte Peter gedehnt. „Er hatte schon einen. Aber mein Großvater meint, das Ganze habe doch einen Haken."

Das war eine Neuigkeit!

„Der Mann kommt heute Nachmittag noch einmal zu meinem Großvater", erklärte Peter. „Wie wäre es, wenn ihr mich besuchtet? Die Lene hat einen fantastischen Kuchen gebacken. Sie wird selig sein, wenn sie euch damit füttern kann. Bei dieser Gelegenheit schauen wir uns den Knaben an!"

„Den Knaben?", wisperte Jenny.

„Dumme Redensart! Er wird schon ein ausgewachsener Mann sein“, lächelte Peter. „Ich bin selber gespannt.“

„Erna, Erna!“ Die Zwillinge stürmten in die Küche.

„Bitte, dürfen wir nachmittags zum Kaffee zu Peter?“, bat Hanni atemlos.

„Aber Kinder, gerade habe ich einen Tortenboden in den Ofen geschoben. Wer soll denn die Torte essen?“

„Die schaffen wir morgen auch noch!“, rief Nanni. „Peter hat uns eingeladen. Bitte lass uns hingehen, Erna! Ja? Dürfen wir?“

„Na schön, geht nur. Die alte Lene hat sicher etwas extra Gutes vorbereitet.“

Die alte Lene war eine sehr liebe Frau. „Da haben wir ja die Zwillinge!“, rief sie, nahm Hanni und Nanni in den Arm und guckte sie mit ihren lustigen Augen an. „Wie halten eure Eltern euch bloß auseinander?“

„Die können es“, lachte Hanni. „Und Erna kann es auch!“, fügte Nanni hinzu.

„Na, und in Lindenhof haben wir es längst gelernt“, rief Jenny. „Sonst würden uns die beiden immer auf der Nase herumtanzen.“

„Kommt mit ins Wohnzimmer“, bat Lene, „der Kuchen wartet schon auf euch!“

Flink lief sie in die Küche und holte eine große Kanne. Streuselkuchen und eine Stachelbeertorte standen auf dem Tisch.

Der Bürgermeister erschien, begrüßte die Gäste freundlich und setzte sich der alten Lene gegenüber an die eine Schmalseite des Tisches.

Die fünf ließen es sich schmecken, unterhielten sich dabei auch noch angeregt und lauschten außerdem aufmerksam, ob die Haustür ging oder ob jemand klingelte.

Da … die Glocke! Peter und Jürgen sprangen gleichzeitig auf, aber der Bürgermeister winkte ab. „Ich gehe selber", sagte er. In der Tür drehte er sich um. „Wahrscheinlich dauert die Besprechung länger. Lasst euch nicht stören und wartet nicht etwa auf mich."

Die fünf Verschworenen sahen sich erst ein bisschen ratlos an. Wie sollten sie den Fremden zu Gesicht bekommen? Doch dann nickte Peter und zwinkerte ihnen zu. Er hatte sicher einen Plan.

Die alte Lene bemerkte die Unruhe der Gäste wohl. Aber sie hielt sie einfach für Neugier – oder Enttäuschung, weil der Großvater gegangen war. Beinahe flüsternd sagte sie: „Das ist ein ganz wichtiger Besuch. Er war schon einmal hier. Ihr kennt doch das Schloss der Harringers?" Die Freunde nickten. „Der Mann, der jetzt gekommen ist, behauptet, er sei der

Erbe. Wenn das stimmt, wird er ein reicher Mann. Vielleicht ist er es sowieso schon."

„Haben Sie ihn gesehen?", fragte Jürgen.

„Nein, der Bürgermeister hat mir die Geschichte erzählt, als der Besuch gegangen war."

„Kannten Sie denn noch jemanden von den Harringers?", fragte Hanni.

„Ich kannte sogar die ganze Familie und am allerbesten die Ursel."

„Ursel?", fragte Jenny neugierig.

„Das war die Erbtochter – nur ein paar Jahre jünger als ich. Ein hübsches Mädchen – wunderschön!"

„Ist es die, die von zu Hause ausriss?", wollte Nanni wissen.

Lene nickte. „Sie hatte sich in einen jungen Baumeister verliebt. Den sollte sie nicht heiraten. Da reiste sie ihm heimlich nach. Geschwister hatte sie nicht. Deshalb übergab ihr Vater das Schloss und alle Güter, die dazugehören, dem Sohn seines Bruders. Den hätte die Ursel heiraten sollen, wenn es nach den Vätern gegangen wäre. Gerhard hieß er. Geheiratet hat er nie. Er muss die Ursel sehr gern gehabt haben. Vor acht Jahren ist er tödlich verunglückt, er ist vom Pferd gestürzt. Seitdem suchen sie nach einem Erben."

„Ob die Ursel noch lebt?", fragte Hanni.

„Das glaube ich nicht", antwortete Lene. „Wenn sie einen

von den vielen Aufrufen gelesen hätte, wäre sie gekommen. Sie liebte das Schloss sehr. Aber vielleicht hat sie Kinder."

„Die müssen längst erwachsen sein", meinte Peter nachdenklich. „So zwischen dreißig und vierzig, nicht wahr?"

„Das kann schon sein", sagte Lene.

„Und der da drüben beim Großvater behauptet also, ein Sohn von ihr zu sein", rief Peter. „Den müssen wir uns ansehen! Wir gehen auf den Hof hinaus und tun, als ob wir ein Rad reparieren. Du kommst doch mit, Lene?"

Eigentlich ging es der alten Lene ja gegen den Strich, einem Besuch regelrecht aufzulauern. Aber dies war eine Ausnahme. Wenn wirklich ein Sohn ihrer Baroness Ursel wieder ins Schloss kam, dann wollte sie ihn gar zu gern sehen. Sie ging also mit den jungen Leuten auf den Hof hinaus und setzte sich auf die Bank neben dem Tor. Dort musste der Besuch durch. Peter holte sein Fahrrad und nahm es total auseinander.

Da … Schritte! Die Haustür wurde geöffnet. Peters Großvater erschien mit einem Mann. Die Freunde sahen von dem Rad auf, legten das Werkzeug hin und grüßten. Dabei musterten sie den Fremden ausgiebig: das breite Gesicht mit der scharfen Nase und den unruhigen kleinen Augen, das dünne rötliche Haar und die gedrungene Figur mit den fahrigen Bewegungen.

Der Bürgermeister winkte seinen jungen Gästen zu. Da entdeckte er Lene bei ihnen. Obwohl er schon fast am Hoftor war, drehte er sich um und hielt auch seinen Gast fest. „Einen Augenblick, bitte“, sagte er und rief: „Lene, komm doch einen Moment zu mir herüber!“

Er machte bekannt: „Dies ist Herr Lohse-Harringer, der seine Erbansprüche auf das Schloss anmeldet, und dies unsere alte Lene, die noch Ihre Mutter gekannt hat. Du erinnerst dich noch an die Baroness Harringer, Lene?“

„Und ob ich mich erinnere! So – die Ursel war Ihre Mutter?“, wandte sie sich an den Fremden. „Da werden Sie mir gewiss einmal erzählen, wie es ihr später ergangen ist. War sie glücklich? Und hatte sie manchmal Heimweh?“

„Ja … doch … gewiss war sie glücklich“, stotterte der Fremde. „Sie ist jung gestorben. Ich kann mich kaum an sie erinnern.“

„Und ähnlich sehen Sie ihr auch gar nicht“, stellte Lene fest. „Die Ursel war groß und blond und schlank. Das weißt du doch auch noch, Bürgermeister?“ Der lächelte und Lene fuhr fort: „Na ja, du warst damals auf der höheren Schule und interessiertest dich nicht besonders für Mädchen. Noch nicht“, setzte sie hinzu und lachte ihn an.

Der Fremde wurde immer unsicherer. „Ich bin mehr nach meinem Vater geraten, das hat er selber oft gesagt. Doch entschuldigen Sie mich, ich muss zu einer Verabredung.“

„Ja, ja“, antwortete Lene. Sie murmelte für sich, doch so

deutlich, dass es alle verstanden: „Der Baumeister, mit dem die Ursel fortging, hatte auffallend große blaue Augen. Die hatten es ihr besonders angetan. Er war auch groß und blond und schlank."

„Also, guten Abend, Herr Bürgermeister", sagte der Fremde. „Ich habe es eilig. Wie gesagt: Gibt es Schwierigkeiten, dann bitte ich mindestens um das Vorkaufsrecht. Schließlich ist es das Schloss meiner Väter." Weg war er, und alle sahen ihm wortlos nach.

Mit einem Mal platzte Hanni heraus: „Schloss meiner Väter! Das hat er wohl in einem Kitschroman gelesen?"

„Ja", antwortete der Bürgermeister grimmig, „und er will wahrscheinlich irgendein merkwürdiges Unternehmen darin aufziehen – ein Sanatorium für Prominente."

„Mit anderen Worten: einen Betrieb, um reichen Leuten das Geld aus der Tasche zu ziehen", sagte Lene trocken. „Und das erzählte er?"

„So verplapperte er sich, schwieg danach wohlweislich, als ich noch einmal nach seinen Plänen fragte."

„Das ist nie und nimmer der Sohn von der Ursel", sagte die alte Lene entschieden und der Bürgermeister seufzte: „Hoffentlich behältst du recht."

Die fünf Freunde gingen in den Obstgarten hinter dem Haus.

„Was haltet ihr von dem Menschen?“, fragte Hanni.

„Nichts“, urteilten die anderen, „oder nichts Gutes.“

„Er muss aber doch Papiere vorlegen, wenn er etwas erben will“, fuhr Hanni fort.

„Sicher, aber irgendetwas stimmt damit nicht“, sagte Peter. „Vielleicht erzählt mir mein Großvater heute Abend mehr darüber.“

„Da kommt man nun in ein kleines Nest“, meinte Nanni nachdenklich, „und es passieren mit einem Mal lauter aufregende Sachen: Falschgeld ist im Umlauf, zwei Verdächtige laufen herum und nun taucht noch dieser Erbschleicher auf.“

Da lachten sie alle.

Auch heute zog keiner der Freunde auf Nachtwache ins Geisterschloss. Herr Huber musste am Montag ganz früh zum Dienst. Sie konnten nicht riskieren, dass sie ihm bei der Heimkehr begegneten. Doch am Vormittag fuhren sie zum Badehaus. Peter hatte Neuigkeiten mitgebracht.

„Der Fremde hat meinem Großvater die richtigen Papiere vorgelegt“, erzählte er, „und er wusste auch manches von den Harringers. Doch sein Pass war komisch. Das Bild war undeutlich und verschmiert. Er hat um einen neuen Pass gebeten, weil der alte durch die Flecke fast unbrauchbar geworden war. Auch ganze Seiten waren verschmutzt, nicht bloß das

Bild. Mein Großvater hat nichts davon gesagt, dass er Änderungen am Namen bemerkte."

Alle beschlossen, auch dieses Geheimnis zu lüften.

„Die reinsten Detektive sind wir", sagte Jenny lachend. „Wenn wir das in Lindenhof erzählen, werden die anderen staunen."

„Vorausgesetzt, dass wir Erfolg haben." Nanni hob warnend den Finger und Hanni nickte. „Stimmt. Falls wir uns blamieren, wird nichts verraten."

„Pssst!" Jürgen sah die anderen beschwörend an und legte einen Finger an den Mund. Er blickte zum Schlossweg. Dort kam der nette Mann, den sie bei der Blockhütte getroffen hatten.

„Nanu!", rief er überrascht, als er die Freunde entdeckte. Er kam schnell auf sie zu. „Da treffen wir uns ja unerwartet wieder!" Er lachte sie freundlich an. „Ist das nicht ein wunderschöner Besitz?", fragte er. „Ich bin schon ein paarmal hindurchgewandert und fühle mich direkt heimisch."

Er setzte sich auf einen moosbewachsenen Stein und die fünf suchten sich ebenfalls Plätze. „Da seid ihr also hier in der Gegend zu Hause. Ich dachte es mir gleich. Könnt ihr mir verraten, ob im Dorf Rottleben eine Polizeistation ist?"

„O ja", riefen die Zwillinge, „wir wohnen doch beim Wachtmeister."

„Und ich beim Bürgermeister", setzte Peter hinzu.

„Na, großartig! Beide Herren muss ich sprechen. Meint ihr, ich treffe sie heute noch?"

„Mein Großvater ist bestimmt zu Hause", versicherte Peter.

„Aber der Wachtmeister kommt nicht vor vier zurück", sagte Hanni.

„Gut, dann versuche ich gegen Abend mein Glück." Der Mann sah auf den Teich hinaus und lachte mit einem Mal hellauf. „Dort schwimmt ja ein Krokodil!", rief er vergnügt. „Mitten zwischen den braven Teichhühnern. Und was für ein schönes!"

Die Freunde kicherten.

„Es ist jedenfalls harmloser als die Viecher, auf die ich früher Jagd gemacht habe", sagte der Fremde.

Nanu, Krokodile wollte er gejagt haben?

„Wo war das?", fragte Jürgen.

Doch anscheinend mochte er nicht mehr davon erzählen. So schwiegen die fünf auch. Erst nach einer Weile fing der Fremde von Neuem ein Gespräch an. „Habt ihr den Baum da drüben gesehen? Darin war bestimmt einmal ein Baumhaus für Kinder. Ob man hinaufklettern kann?"

„Schwerlich", meinte Peter. „Mir ist es jedenfalls noch nicht geglückt."

„Aber ich möchte mich gern einmal dort oben umschauen."

„Warum? Suchen Sie etwas Bestimmtes dort oben?“, erkundigte sich Jürgen. Sein Misstrauen war nicht zu überhören.

„Vielleicht ein Bündel Geldscheine?“, fragte Jenny schnippisch.

„Nicht gerade Geld“, antwortete der Fremde und lachte gutmütig. „Aber einen Schatz schon.“

Das klang sonderbar und plötzlich hatten alle die Lust am Gespräch verloren.

„Wir müssen weiter“, sagte Peter. Und sie schwangen sich auf ihre Räder …

„Also“, begann Hanni, als sie später auf einer Wiese Rast machten, „was soll man von diesem Menschen halten? Er macht einen so netten Eindruck, doch dann wirkt er wieder so geheimnisvoll! Werdet ihr schlau aus ihm?“

„Und dass er nach der Polizei fragte, ist doch auch sonderbar“, meinte Peter. „Wenn er ein schlechtes Gewissen hätte, würde er das kaum tun.“

„Erst müssen wir sehen, ob er wirklich hingeht“, sagte Jürgen trocken. „Er kann ebenso gut aus Vorsicht gefragt haben.“

Es fiel besonders Hanni und Nanni schwer, beim Mittagessen harmlose Geschichten zu erzählen. Jenny fing schließlich von Lindenhof an, da hatten sie einen Gesprächsstoff, der Erna Spaß machte …

Der Himmel trübte sich ein und nachmittags fing es sogar

an zu regnen. Da fiel es nicht auf, dass sie zu Hause blieben und Spiele hervorsuchten. Immer wieder schauten sie durchs Fenster. Würde der Fremde kommen?

Er kam nicht. Also hatte er bloß versucht sie auszuhorchen. Tief enttäuscht gestanden sie sich das ein. Er hatte so nett ausgesehen. Sie hatten ihm eigentlich keine Bosheit zugetraut.

„Aber nun zu unserem Geheimplan!", rief Hanni. „Heute Nacht müssen wir zum Geisterschloss. Zu fünft können wir besser beobachten als ihr zwei Burschen allein."

Eine richtige Spuknacht

Als sie sich gegen halb elf hinter Peters Haus trafen, kicherten die Zwillinge. „Hoffentlich träumt Erna nicht von trüben Bächen mit vielen Fischen darin. Sonst guckt sie womöglich aus lauter Angst in unser Zimmer“, meinte Hanni.

Sie holten die Räder aus dem Schuppen und fuhren schnell zum Dorf hinaus, aufs Schloss zu.

Am Eingang zum Park hielt Peter an. „Also – wie verabredet: Die Räder stellen wir vorn am Teich ins Gebüsch. Ihr Mädchen bleibt dort in der Nähe und beobachtet das Badehaus. Jürgen und ich gehen zum Schloss. Wenn ihr etwas Verdächtiges bemerkt, ruft uns mit der komischen Pfeife, die ich euch gab. Sie fiept wie eine Maus, nur lauter. Gut, dass mein Großvater seine Jagdutensilien so offen herumliegen lässt.“

„Und ihr kommt zum Schloss, wenn ihr eine Eule schreien hört“, sagte Jürgen. „Meine Spezialität!“ Und er ahmte leise das Kuwittkuwitt eines Käuzchens nach. „Aber nur dann kommen!“

Mit klopfendem Herzen standen die drei Mädchen an einer Stelle im Gebüsch, wo sie einen freien Blick zum Badehaus, aber auch zum Schloss hatten. Ein bisschen ängstlich war ihnen doch zumute. Der Himmel war bedeckt, man sah keinen Stern. Die kleine Mondsichel kam nur ab und zu hinter den Wolken hervor. Manchmal hörte man in der Ferne die Geräusche vorüberfahrender Autos. Das erinnerte sie daran, dass es weiter weg noch Menschen gab. Aber in der Nähe raschelte es unheimlich. Vom Wasser her kam ab und zu ein Laut. Einmal kniff Nanni ihre Schwester vor Schreck in den Arm, weil irgendwo ein Zweig geknackt hatte.

„Unheimlich, wie?“, flüsterte Jenny.

Aber Hanni wurde nicht so leicht bange. „Ach, eigentlich ist es auch nicht anders als bei unseren Mitternachtspartys“, behauptete sie. „Stellt euch nicht so an!“

Das war leicht gesagt. Gegen Angst kann man sich schwer wehren. Dennoch versuchten Nanni und Jenny, sich zusammenzunehmen und ihre Ängstlichkeit zu überwinden.

Plötzlich entdeckten sie drüben beim Schloss einen Lichtschein. Nanni stieß die beiden anderen an. „Schon gesehen“, keuchte Jenny. In ihrer Nähe war alles still. Sollten sie die Jungen warnen oder aufmerksam machen? Sie berieten leise. „Die haben gewiss längst ihren Posten bezogen. Wenn wir dazwischenfunken, geht es nur schief“, meinte Hanni.

Nanni und Jenny nickten. „Wir bleiben also hier", entschied Hanni.

Es war gut, dass sie es taten, denn beim Schloss wurde es plötzlich sehr laut: Türenschlagen, Hundegebell, eine Frauenstimme, dazwischen das Gepolter des alten Kunze und endlich das Geräusch eines abfahrenden Autos ... Dann tauchte urplötzlich aus dem Dunkel eine Gestalt auf, die zum Badehaus ging.

Das war doch der Fremde aus der Blockhütte! Wer aber hatte dann im Schloss Krach gemacht?

Drüben war inzwischen alles still geworden. Die Mädchen lauschten ... War das nicht der Käuzchenruf? Ja ... Noch einmal. Aber sie mussten vorsichtig sein, dass der Mann, der drüben am Badehaus war, nichts von ihnen bemerkte. Sie schlichen im weiten Bogen um die Hütte herum. Es glückte ihnen tatsächlich, unbemerkt zum Schloss zu kommen.

Jürgen erwartete sie an der Treppe. „Habt ihr gehört, was hier alles los war?", fragte er. „Als wir uns ein Versteck suchen wollten, wurde gerufen: ‚Miez, Miez!' Kam doch die Alte aus dem Gärtnerhaus und suchte nach einer entlaufenen Katze! Der Köter von drüben hatte es gemerkt und tobte. Der alte Kunze schoss hinterdrein und nun schrien sich die beiden um die Wette an. Aber dann entdeckten wir im Schloss einen Lichtschein. Wie sollten wir bloß dorthin kommen, ohne dass die zwei Alten uns sahen? Wir sind auf dem Bauch gekrochen und hatten Angst, dass der Hund uns nachlief. Dann rannten wir um die Ecke und von hier aus vorn ins Schloss hinein. Draußen war es still geworden. Der geheimnisvolle Einbrecher muss in das Hunde- und Katzengeschrei geraten sein. Ich wette, er war schon im Saal, als der Krach draußen losging. Vermutlich hat er das Licht angemacht. Einmal sah es aus, als ob jemand herumgeisterte."

„Bestimmt!", rief Jenny. „Wir haben es auch gesehen."

„Wir wollten dann doch noch in den Saal. Aber die Tür vom Gang aus war versperrt. Und als wir außen herumliefen, hörten wir ein Auto starten ...", berichtete Peter.

„Ein scheußliches Pech", knurrte Jürgen. „Ich habe einmal eine Figur am Schloss vorbeischleichen sehen, ehe der Krawall anfing. Meiner Meinung nach war das der komische Vertreter und er kam von der Kunze-Wohnung her. Heißt es nicht, dass er immer dort übernachtet?"

„Schon." Peter nickte. „Fest behaupten kann ich das aber nicht. Ebenso gut kann der Fremde aus der Hütte dort herumspioniert haben."

„Nein", widersprach Nanni sofort, „der war es bestimmt nicht."

„Na hör mal, woher willst du das so genau wissen?"

„Weil er gerade zu dem hohlen Baum gegangen ist und

wahrscheinlich in das Baumhaus hinaufsteigen will. Er war ganz in unserer Nähe."

„Aber bemerkt hat er uns nicht", versicherte Hanni.

„Was bedeutet das nun wieder?", rief Peter erstaunt. „Warum soll er nachts in Bäumen herumsteigen?"

Das Ganze war wirklich gespenstisch. Jedenfalls konnte der Fremde unmöglich etwas mit dem Versteck im Wandschrank zu tun haben. Als Falschgeld-Gangster kam er wohl kaum in Frage. Darüber waren alle – ohne dass es einer aussprach – von Herzen froh.

„Sollten wir noch einmal zum Badehaus gehen?", fragte Jürgen.

„Etwas anderes bleibt uns gar nicht übrig", meinte Hanni trocken. „Wie kommen wir sonst an unsere Räder?"

„Aber leise!", mahnte Peter. „Vielleicht sehen wir den Fremden, er muss uns schließlich nicht unbedingt entdecken."

Doch es schien niemand mehr dort zu sein. Unbemerkt kamen die Freunde nach Hause.

Am anderen Morgen kicherten die Zwillinge, als Erna sie mit „Na, ausgeschlafen?" begrüßte. Sonst rumorten sie schon von sieben an in ihrem Zimmer. Diesmal aber war alles still geblieben. Erna hatte sich beinahe geängstigt. Und weil sie tatsächlich schlecht geträumt hatte – von was, konnte sie nicht mehr sagen –, war sie ein paar Mal zum Dachstübchen hinaufgeschlichen. Beim zweiten Mal hatte sie ganz leise die Tür geöffnet: Da lagen ihre beiden und schliefen friedlich! Und die zwei anderen Gäste, die drüben bei Webers wohnten, die erschienen an diesem Morgen auch nicht. Erna war nicht dumm und sie kannte Hanni und Nanni recht gut. Sie überlegte, was die vier tags zuvor wohl angestellt hatten. Wovon waren sie so müde? Sie waren doch den ganzen Nachmittag und Abend zu Hause gewesen? Sollten sie nachts auf Abenteuer ausgezogen sein?

Fragen werde ich nicht – beschloss Erna. Wenn sie mich auch nicht direkt anschwindeln, so finden sie schon eine Ausrede. Aber aufpassen werde ich wie ein Luchs!

Als die Zwillinge nun nach der harmlosen Frage „Ausgeschlafen?" nur kicherten, dachte sie im Stillen: Lacht ruhig, ich kriege euch schon!

„Sind Jürgen und Jenny noch nicht da?", fragte Nanni.

„Nein, die habt ihr angesteckt. Es muss eine Art Schlafkrankheit ausgebrochen sein", antwortete Erna. Doch die beiden erschienen kurz darauf und nun bekam Erna eine Geschichte zu hören, wie in Lindenhof die ganze Klasse einmal verschlafen hatte.

„Die ganze Klasse?", fragte Erna ungläubig. „Wieso denn das?"

Die drei Mädchen lachten. „Weil in der Nacht eine tolle Mitternachtsparty gestiegen war und wir erst gegen Morgen zu Bett gingen“, sagte Hanni.

„Ach so. Da habt ihr letzte Nacht wohl auch eine Party abgehalten?“

Hanni wurde blutrot. Fatal – beinahe hätte sie sich verplappert! Jürgen rettete die Lage. „Da müsste vermutlich der ganze Gänsestall von Lindenhof hier versammelt sein“, stichelte er, „und das ist uns zum Glück erspart geblieben.“

Aber nun fielen die Mädchen über ihn her. „Gänsestall! Das ist eine Frechheit“, riefen sie. „Wenn deine Klasse nur halb so in Ordnung ist wie unsere, dann habt ihr Glück.“ Sie stritten eine ganze Weile und für Erna war die Gelegenheit zu weiteren Nachforschungen zunächst vorbei.

Das erste Rätsel gelöst!

„Heute werden wir den Fremden in seiner Blockhütte besuchen“, flüsterte Peter, als sie sich mit ihm trafen. Erna war ein Stück mit ihnen die Straße entlanggegangen, weil sie einkaufen wollte. Bevor alle losfuhren, fragte sie: „Wohin wollt ihr heute?“

„In den Grüninger Forst“, rief Peter und schwang sich aufs Rad. „Dort sind die Himbeeren reif.“

Im Forst sind sie gut aufgehoben, dachte Erna. Besser als im Geisterschloss! Insgeheim hatte sie den Verdacht, dass die fünf viel öfter dort herumschlichen, als sie erzählten. Ja – dumm war Erna tatsächlich nicht!

Diesmal kamen die Freunde von der anderen Seite zur Waldwiese. Sie tauchten also genau bei der kleinen Hütte und dem grünen Auto auf. Der Fremde saß an einem kleinen Tisch, den er ins Freie gestellt hatte, und schrieb.

„Guten Morgen!“, riefen alle wie aus einem Mund.

Erstaunt sah er auf. „Ach, ihr seid’s!“, sagte er freundlich.

„Ich konnte gestern nicht ins Dorf fahren, weil ich noch zu schreiben hatte."

„Wie lange hausen Sie eigentlich schon hier?", fragte Peter. „Ist es nicht langweilig – so ganz allein?"

„Für mich nicht. Ich bin es gewöhnt." Einen Augenblick schwieg der Mann nachdenklich. Dann sagte er: „Allerdings habe ich erst vor Kurzem gemerkt, wie gefährlich es sein kann, wenn man dann wieder unter Menschen kommt. Man gerät ins Schwatzen. Ich habe neulich einfach zu viel geredet, nachdem ich erst einmal mit dem Erzählen angefangen hatte."

„Ja, aber ..." Hanni wusste nicht, wie sie am besten fragen sollte, damit sie endlich mehr erfuhren, „... was haben Sie denn für einen Beruf?"

„Ach, ich habe alles Mögliche getrieben", erwiderte der Fremde. „Mir war immer die Hauptsache, dass ich mir einfach das notwendige Geld zum Leben verdiente. Und ich habe stets versucht, allein zu bleiben. Ich habe als Maurer gearbeitet, bin an Kraftwerken in ganz verlorenen Gegenden beschäftigt gewesen und habe in der Wüste mit an einer Pipeline für Wasser gearbeitet ..."

„... und Krokodile gejagt", warf Jenny ein.

Zuerst sah der Fremde sie verblüfft an, dann lachte er. „Richtig, das habe ich erwähnt, als ich das Krokodil im Schlossteich sah."

„Jetzt müssen Sie bloß noch sagen, dass Sie Kängurus gejagt haben", rief Peter.

Aber der Mann schüttelte den Kopf. „Kängurus habe ich nie gejagt. Doch gesehen habe ich viele. Sie hockten still am Weg und suchten das bisschen Schatten von den Telegrafenmasten und ließen ruhig alle Autos vorüberfahren. Nur aussteigen und näher herangehen, das durfte man nicht. Dann sprangen sie in großen Sätzen davon. Ihr habt es erraten: Ich komme aus Australien. Das ist ein Land, in dem man auch heute noch Abenteuer erleben kann."

Die fünf hatten sich längst im Gras niedergelassen. Nun rückten sie näher. „Stimmt es, dass es dort riesige Schafherden gibt? Und diese komischen Hunde, Di... Di... – wie heißen sie?", fragte Jürgen.

„Dingos.

Nanni fragte: „Und dass es noch Menschen gibt, die wie in der Steinzeit leben, herumwandern und Eidechsen essen?"

„O ja. Das stimmt alles. Aber ihr dürft euch nicht ganz Australien so vorstellen. Dort sind auch moderne Großstädte entstanden, mit Kinos, Badeanstalten, Teerstraßen und Hochhäusern. Nicht weit davon aber ist Wüste. Da wachsen nur Dornbüsche im Sand. Manchmal trifft man Schafherden und ein paar Kängurus, doch kaum Menschen. Eisenbahnschienen tauchten plötzlich auf, man weiß nicht, woher sie kommen und wohin sie führen. Und mitten in der Steppe sieht man auf einmal einen Flugplatz. Oder ein Versuchsgelände für Raketen wie bei der Stadt Woomera, die eine Art künstliche Oase ist. Nur dass es dort ursprünglich keine Wasserstelle gab. Das Wasser wird jetzt Hunderte von Kilometern über eine Pipeline herangeführt ..."

„... wie Sie eine mitgebaut haben ...", ergänzte Hanni. Der Fremde nickte und lächelte den Freunden zu, die ihn begeistert anstarrten. „Da bin ich wieder mitten im Erzählen! Und ich hatte mir eisern vorgenommen, meinen Mund zu halten. Einmal bin ich nämlich furchtbar hereingefallen."

„Ich glaube, Sie brauchen uns gar nichts weiter zu verraten", sagte Peter, als sie ein paar Augenblicke schweigend dagesessen hatten. „Wir wissen jetzt, wer Sie sind und warum Sie herkamen."

„Na, da bin ich aber gespannt", lachte der Mann.

„Sie vergessen, dass ich der Enkel des Bürgermeisters von Rottleben bin." Peter grinste ihn an. „Sie sind ...", er machte eine Pause, damit es noch spannender und fast ein bisschen feierlich wurde, „... Sie sind der Sohn der Baroness Ursel von Harringer und deshalb der Erbe des Geisterschlosses. Vor etwa einem Jahr haben Sie sich zum ersten Mal gemeldet und geschrieben, dass Sie nach Deutschland kommen wollten. Und nun sind Sie da."

Der Fremde nickte wieder und sagte leise: „Ja, hier bin ich, aber es sieht alles andere als rosig aus. Ich habe keine Papiere in der Hand – alles futsch, was ich mühselig zusammengesucht hatte."

Hanni wollte etwas sagen, aber Peter gab ihr ein Zeichen zu schweigen.

„Wie ist das passiert?", fragte er.

„Durch meine Leichtgläubigkeit und dadurch, dass ich nach dem langen Alleinsein das Bedürfnis hatte, endlich mal mit jemandem zu sprechen." Er gab sich einen Ruck. „Nun kann ich euch ja auch den Rest berichten. Es tut gut, sich einmal alles vom Herzen zu reden, auch wenn ihr mir nicht helfen könnt."

„Wer weiß", murmelte Hanni.

„Also: Ich bin vor etwa einem halben Jahr nach Canberra gegangen. Das ist die Hauptstadt von Australien und dort hatten mein Vater und ich eine kleine Wohnung, seit meine Mutter gestorben war. Mein Vater ist auch tot, schon zehn Jahre. Seitdem bin ich im ganzen Land herumgezogen. Die Wohnung habe ich der alten Frau überlassen, die uns früher immer half. So konnte ich alles in der Wohnung lassen, wie es war, und die Frau sparte die Miete. – Ich habe in den Papieren meines Vaters gekramt und alle Unterlagen gefunden, die ich brauchte: Geburtsurkunden und die Heiratsurkunde meiner Eltern, auch ein Tagebuch meiner Mutter. Dann habe ich alles Geld von der Bank geholt, bin nach Sydney gefahren und von dort mit dem Schiff nach Deutschland. In meiner Kabine wohnte noch ein anderer Mann, ein Herr Lense. Der hat mich ausgefragt, woher ich komme und was ich in Deutschland will. Ich habe ihm erzählt, wie ich eines Tages zufällig eine Anzeige gelesen hatte, in der ein Harringer-Erbe gesucht wurde. Herr Lense hörte mir aufmerksam zu und meinte, er könne mir gerne bei meinen Bemühungen helfen. Dann hat er sich die Urkunden genau angesehen. ‚Scheint alles in Ordnung zu sein', hat er ein paarmal versichert. Wir haben abends oft bei einem Bier zusammengesessen. Dann habe ich ihm von meiner Mutter erzählt und – soweit ich mich noch erinnern konnte – von alldem, was sie mir von Deutschland berichtet hatte: von dem Schloss, wie schön es gebaut sei, von dem Teich und dem großen Park und von dem vielen Wald, der dazugehört. Von all dem habe ich geredet, weil es ja mein Ziel war, herzufahren und zunächst einmal alles anzuschauen. Ich habe mir nichts dabei gedacht, dass dieser Herr Lense an all dem so interessiert war. In Hamburg habe ich dann mit ihm zusammen ein Hotelzimmer genommen, weil die Unterkünfte spät am Abend knapp waren und wir während der Schiffsreise sowieso zusammen in einem Raum wohnten. Doch als ich am Morgen aufwachte, war er fort. Mit ihm alle meine Papiere und fast mein gesamtes Bargeld. Nun, das Geld war der geringste Verlust. Ich besitze genügend Reiseschecks und meinen Pass hatte ich zum Glück unten beim Portier abgegeben. Doch wie soll ich wieder an die Papiere kommen?"

Da platzten die fünf fast vor Lachen und er sah sie bestürzt an. Aber schon redeten sie drauflos: „Der Herr Lense ist doch ein dicklicher Mann?", fragte Hanni, und Nanni setzte hinzu: „Mit kleinen Schweinsaugen und rotem Haar?"

„Sehr zappelig ist er, nicht wahr?", rief Jürgen und Jenny fragte weiter: „Auch älter als Sie?"

Der Australier sah von einem zum anderen. „Nun sagt bloß ...", brachte er schließlich heraus, „woher wisst ihr das alles?"

„Weil wir erst vorgestern mit dem sauberen Herrn gesprochen haben", antwortete Peter. „Er war bei meinem Großvater. Aber da nannte er sich nicht Lense, sondern Lohse-Harringer. So stand es in seinem Pass, der allerdings reichlich verschmiert und nicht gut lesbar war."

„Er hat seine Ansprüche auf das Schloss angemeldet", berichtete Jenny, „an das Schloss seiner Väter, wie er feierlich erklärte."

„So war es also doch richtig, dass ich herfuhr", sagte der echte Harringer-Erbe. „Insgeheim hatte ich damit gerechnet, dass er herkommt. Und gerade gestern war mir, als ob ich ihn gesehen hätte. Deshalb ging ich nicht ins Dorf."

„Aber was suchten Sie in dem Baumhaus?", fragte Hanni neugierig. „Sie sind ja sogar heute Nacht dort herumgekrochen!"

„Langsam werdet ihr mir unheimlich, Herrschaften! Woher wisst ihr von meinem nächtlichen Ausflug?"

„Weil wir ganz in Ihrer Nähe waren. Aber das erzählen wir Ihnen später. Jetzt müssen wir erst einmal beraten, was Sie am besten unternehmen", sagte Peter.

Und sie heckten miteinander einen Plan aus, den sie großartig fanden.

Der echte Erbe

„Jammerschade, dass wir nun alles den Erwachsenen überlassen müssen", seufzte Hanni beim Schlafengehen. „Wenigstens weiß der Baron, dass wir ihm geholfen haben."

„Du, ein Baron ist er aber nicht", meinte Nanni. „Rede ihn nicht so an, sonst lacht er dich aus. Ich bin bloß gespannt, wann die Geschichte platzt. Peter glaubt ja, dass der Lense morgen zu seinem Großvater kommen will."

Peter behielt recht. Er kam schnell zu Hubers und gab Bescheid. Die anderen sausten noch in der gleichen Stunde in den Grüninger Forst. Weil sie ihren neuen Bekannten nicht antrafen, hefteten sie an die Tür des Blockhauses einen großen Zettel:

Heute Nachmittag, halb fünf, kommt Ihr „Freund" zum Bürgermeister. Wir erwarten Sie zu dieser Zeit bei der Polizei.

Dass ein Tag so lang sein konnte! Immer wieder sahen sie auf die Uhr. Peter aber berichtete unterdessen seinem Großvater von dem neuen Harringer-Erben. Der war sehr überrascht. Freilich – so hellauf begeistert wie die jungen Freunde war er nicht. Ihm war es recht, wenn dieser unangenehme Kerl nicht in das Schloss einzog. Doch wie war der andere? Und wie wollte er beweisen, dass er tatsächlich der Erbe war, wenn seine Papiere fehlten?

Peter setzte sich nach dem Mittagessen mit seinen Verbündeten in Hubers Laube. „Großvater meint, der Wachtmeister soll mit dem Australier zusammen in sein Büro kommen", berichtete er. „Wollt ihr dem Huber vorher auch reinen Wein einschenken?"

Sie überlegten. „Wir sagen nichts", entschied Hanni. „Jetzt sollen die Erwachsenen mal aktiv werden. Vermutlich bittet der Australier von selber den Wachtmeister um seine Begleitung!"

„Jetzt können wir uns um das Falschgeld kümmern", sagte Nanni am Schluss der Besprechung. „Und ich finde, wir sollten den Fremden einweihen. Er kann uns bestimmt helfen. Dann kommen wir schnell voran."

„Ja!" Jürgen nickte. „Die Zeit wird langsam knapp: Heute ist schon Mittwoch. Bis Samstag *müssen* wir wissen, wo das Falschgeld herkommt."

„Ob der Australier aber nichts Wichtigeres zu tun hat?", überlegte Jenny.

„Bestimmt. Dennoch geht ihn das was an. Immerhin ist es sein Schloss", sagte Jürgen. „Ich bin dafür, mit ihm zu reden."

Alle waren der gleichen Meinung. Sie beschlossen, am Donnerstagmorgen beizeiten hinauszufahren und mit ihm zu sprechen.

„Lohse", stellte sich der Australier dem Wachtmeister Huber vor. Er schilderte ihm kurz seine Lage. „Ich weiß, dass mein ehemaliger Kabinengenosse jetzt beim Bürgermeister ist", schloss er. „Bitte, kommen Sie mit mir dorthin."

„Sie sind gut informiert", sagte Herr Huber schmunzelnd, „und ich habe das Gefühl, dass ich Ihre Helfer sehr genau kenne." Denn es war ihm längst aufgefallen, wie aufgeregt seine jungen Gäste an diesem Tag waren und dass sie sich eingehend nach seinem Dienstplan erkundigten. „Nach vier sind Sie bestimmt in der Polizeistation?", hatte Hanni zu allem Überfluss gefragt und er hatte versichert: „Wenn nichts dazwischenkommt – gewiss!"

Der Fremde lachte bei seiner Bemerkung nur, sagte aber nichts. So gingen sie hinüber ins Bürgermeisteramt.

Dort lauerten wieder einmal die fünf Freunde auf dem Hof. Bei ihnen war die alte Lene – diesmal freilich ahnungslos, denn die Zwillinge hatten sie in ein langes Gespräch verwickelt. „Gibt es hier wirklich einen Gang zum Schloss hinüber?", hatte Hanni gefragt, und als Lene beteuerte: „Kein

Mensch hat ihn je gesehen“, da hatte Nanni vorgeschlagen, dass man doch noch einmal nachschauen sollte.

Lene hatte sich trotz ihrer Vorliebe für die lustigen Zwillinge richtig ereifert über diesen törichten Aberglauben – wie sie sagte – und sie stritten nun schon eine Weile in aller Freundschaft.

Da traten der Wachtmeister und der Australier in den Hof. Die fünf winkten ihnen zu und riefen: „Hallo!“ Beide winkten zurück. Es stand ja nicht fest, wem das Winken galt! Lene aber, die zunächst gerufen hatte: „Schönen guten Tag, Huber!“, verstummte plötzlich. Mit großen Augen starrte sie den Fremden an. Es sah beinahe so aus, als wollte sie auf ihn zugehen. Aber dann blieb sie stehen und murmelte nur: „Na, so was!“

Die beiden Männer verschwanden im Haus. Lene schwieg. Da hielt Peter es nicht länger aus. „Was hast du eigentlich auf einmal, Lene?“, rief er.

„Kinder“, sagte sie, „wenn dieser Mann mir erzählte, er wäre Ursel Harringers Sohn, dem würde ich es glauben.“

Da schwiegen sie, nur Jenny meinte vorlaut: „Vielleicht ist er es wirklich.“ Kopfschüttelnd ging Lene in die Küche.

Im Amtszimmer ging es lebhaft zu. Auf das laute „Herein!“ des Bürgermeisters waren die beiden eingetreten. Der angebliche

Schlosserbe, den die anderen drei gespannt beobachteten, wurde bleich, als er den Australier erkannte.

„Sieh mal an“, rief der. „Da ist ja der Herr Lense, mein ehemaliger Kabinengenosse.“

Aber der hatte sich schnell gefasst. „Kabinengenosse? Was heißt das?“, rief er. „Ich habe Sie noch nie gesehen!“

Der andere lachte. „Vor allem möchten Sie mich jetzt nicht sehen. Aber ich bin nun einmal hier. Und ich verlange von Ihnen die Familienpapiere zurück, die Sie mir im Hotelzimmer gestohlen haben.“

„Darf ich Sie bitten, sich auszuweisen?“, sagte der Bürgermeister zu ihm.

Mit einer Entschuldigung stellte der Fremde sich als Reinhard Lohse-Harringer vor und gab dem alten Herrn seinen Pass. Der blätterte darin und prüfte ihn genau. Dann griff er nach dem anderen Pass, der auf seinem Schreibtisch lag, und verglich die beiden Dokumente. „Der gleiche Name steht in diesem Pass“, sagte er zum Wachtmeister. „Aber vergleichen Sie einmal: Hier ist korrigiert worden. Wie nannten Sie diesen Herrn?“

„Lense.“

„Freilich, das ließ sich verhältnismäßig einfach in Lohse abändern – und Harringer, das wurde einfach angefügt.“

„So, und wer gibt Ihnen das Recht, mir dies in die Schuhe

zu schieben?", fragte nun der Rothaarige. „Warum soll nicht jener Pass dort gefälscht sein? Fragen Sie den Mann doch nach anderen Unterlagen. Und fragen Sie ihn, was er überhaupt hier will!"

Das war recht geschickt von ihm. Noch hatte der Fremde ja nicht gesagt, warum er kam. Und wenn dem Bürgermeister und dem Wachtmeister der jüngere Mann auch auf den ersten Blick tausendmal besser gefiel als der erste Besucher – sie waren Amtspersonen und mussten genau prüfen, wer recht hatte.

„Ja, mein Herr", sagte der Bürgermeister deshalb zu dem Australier, „bitte nennen Sie zunächst Ihr Anliegen." Er schaute ihn erwartungsvoll an.

„Gut. Ich bin der Sohn der ehemaligen Baroness Ursel von Harringer", sagte der Fremde. „Meine Eltern sind tot. Ich habe in Australien, wo ich geboren bin, durch Zufall eine Anzeige gelesen, dass ein Erbe für das Schloss Harringer gesucht wird. Daraufhin habe ich mich vor etwa einem Jahr bei der Schlossverwaltung gemeldet. Damals lebte ich auf einer einsamen Baustelle und konnte meine Arbeit nicht im Stich lassen. Sobald die Talsperre fertig war, ging ich in die Hauptstadt, suchte alle Papiere zusammen und fuhr nach Deutschland. Wie gesagt: Dieser Herr teilte die Kabine mit mir. Ich habe aus meinem Ziel keinen Hehl gemacht. Gutgläubig habe ich ihm sogar meine Unterlagen gezeigt, weil er mir angeblich helfen wollte. Dann habe ich nach der Ankunft in Deutschland, als es schwierig war, noch spät abends eine Unterkunft zu finden, mit ihm zusammen ein Doppelzimmer im Hotel genommen. Dass er mir ein Schlafmittel verpasst hat, kann ich bloß vermuten. Jedenfalls habe ich fest und lange geschlafen. Am anderen Morgen aber war Herr Lense von der Bildfläche verschwunden und die Mappe mit meinen Urkunden auch. Hier in Rottleben sehe ich ihn zum ersten Mal wieder."

„Ein feiner Schwindel, den Sie den Herren auftischen", spottete der Rothaarige. „Das müssen Sie erst einmal beweisen."

„Das will ich auch", sagte der Fremde ernst. Er wandte sich an den Bürgermeister. „Zum Glück besitze ich noch das Tagebuch meiner Mutter, von dem ich bisher keinem Menschen etwas gesagt habe. Und darin habe ich zwei Hinweise gefunden, die mir vielleicht weiterhelfen." Er griff in die Innentasche seiner Jacke und holte einen abgegriffenen Lederband heraus. Darin blätterte er. Doch ehe er weitersprach, wandte er sich an den Bürgermeister und dann an den Wachtmeister: „Es handelt sich um zwei Dinge, die noch heute geklärt werden müssen. Ich habe es schon auf eigene Faust versucht, wurde bisher aber immer daran gehindert. Im Schloss kreuzen öfter Besucher auf, als man vermuten sollte. Vielleicht war das sogar gut. Versprechen Sie mir heute noch nachzuprüfen, wie es sich mit den beiden Hinweisen verhält? Dieser Herr kann ruhig Zeuge sein."

Der Bürgermeister und der Polizist sicherten ihm ihre Hilfe zu. Der andere aber sagte: „Ich verzichte. Diese Anschuldigungen sind lächerlich. Ich habe heute Abend keine Zeit für solche Kindereien. Morgen muss ich in die Landeshauptstadt. Dort werde ich mich an die vorgesetzten Behörden wenden." Damit griff er nach seinem Pass und wollte auch die übrigen Papiere vom Tisch nehmen.

Aber der Bürgermeister war schneller. „Die Urkunden scheinen mir als Beweismaterial wichtig zu sein", erklärte er und drückte sie dem Wachtmeister in die Hand. „Bitte, tun Sie sie dort in den Schrank, Huber. Ich schließe sie nachher in den Panzerschrank. Selbstverständlich bekommen Sie eine Quittung darüber", wendete er sich an den Rothaarigen. „Einen Augenblick!" Er bestätigte dem Besucher den Empfang aller Urkunden, die er nach dem Diktat des Wachtmeisters einzeln aufführte.

Mit der Quittung, seinem eigenen Pass und einem wütenden „Sie werden von mir hören!" verließ der Dicke den Raum.

Der Australier erzählte: „Bitte hören Sie, was ich aus den Berichten meiner Mutter weiß: Im Park stand dicht am Teich unsere kleine Hütte, in der wir uns beim Baden immer umzogen. Daneben hatte mein Vater mir ein Baumhaus bauen lassen. Mit meinem Vetter Gerhard war ich oft dort oben. Wir hatten Becher und Teller dort und ließen uns nachmittags unseren Kakao hinaufbringen. Auch unsere Lieblingsbücher nahmen wir mit hinauf. Wir taten sie immer in eine wasserdichte Tasche, falls nachts Regen kam und das dünne Dach unseres Baumhauses nicht dicht hielt. Einmal aber brachte Gerhard mir ein kleines silbernes Herz an einer Kette. Das hatte er von seinem Taschengeld gekauft. Ich sollte es immer tragen, verlangte er. Doch dann riss die Kette und rutschte in eine Spalte der großen Eiche. Was haben wir nicht alles versucht, um die Kette mit dem Herz dort wieder herauszuholen! Mit Stöcken und Angelhaken und mit einer Taschenlampe haben wir gearbeitet. Aber das Herz blieb verschwunden. Wahrscheinlich hätten wir den Spalt mit einer Säge verlängern müssen. So aber zeichnete mein Vetter – er war ein bisschen romantisch veranlagt – ein goldenes Herz an die Stelle, wo mein silbernes verschwunden war, und brannte die Umrisse sogar mit einem glühenden Nagel ein. ‚Jetzt bleibt dein Herz immer in unserem Baumhaus!', sagte er lachend. Er hat sogar recht behalten: Die Erinnerung an unser Baumhaus verließ mich nie!" Der Fremde sah lächelnd auf. „Meinen Sie nicht, dass wir nach dem kleinen silbernen Herz suchen sollten? Mit einer Säge? Und können Sie es als Wahrheitsbeweis werten? Vorausgesetzt, dass wir es finden?"

„Ich glaube wohl", sagte der Bürgermeister bedächtig. „Aber Sie sprachen von zwei Hinweisen."

„Ja, der andere scheint mir gar noch mehr Gewicht zu haben. Hören Sie, was ich meine. Meine Mutter hat es wohl geschrieben, als sie schon schwer krank war. Sie hat es ausdrücklich für mich und voller Ahnung geschrieben: Wenn unser Sohn eines Tages in meine Heimat kommt und vielleicht beweisen muss, dass er ein Harringer ist, dann soll er sagen, dass der Erbring der Familie, mein Eigentum, nie aus dem Schloss verschwunden ist. Am Tag, bevor ich fortging, bin ich in das ‚Verlies' meines Vaters hinabgestiegen – so nannte er im Scherz die Trinkstube, die vor dem Keller an der rechten Schlossseite liegt – und habe den Ring in einer kleinen Spanschachtel in einem der Weinschränke versteckt: ganz rechts, wo der alte Rotwein lagerte, in der dritten Reihe von unten. Es ist ein glatter, breiter Goldreif. In der Mitte trägt er eine runde Platte mit dem gefiederten Helm, unserem Wappen, und zu beiden Seiten zwei wundervolle Saphire von je drei Millimeter Durchmesser." Der Fremde schloss das Tagebuch.

„Nun", sagte Wachtmeister Huber, „diesen Ring finden wir gewiss, wenn die Flasche davor noch nicht geleert ist. Die kleine Spanschachtel steckt sicher noch im Schrank."

„Und wir wollen in das Protokoll, das ich aufsetzen werde, auch Ihre Beschreibung des Ringes und des Wappens aufnehmen, vor allem, falls sich Ihr rothaariger Feind wieder meldet", erklärte der Bürgermeister. – Nun, der meldete sich nie wieder. Vermutlich war er froh, dass er ohne Schwierigkeiten davongekommen war. Ihm hätte ja eine Anzeige wegen Diebstahl und Urkundenfälschung gedroht. Und dem neuen Schlossherrn lag nichts daran, dass dieser bestraft wurde.

„Ich trage selber Schuld", sagte er. „Ich habe einfach zu viel geschwatzt. Da war für ihn die Versuchung zu groß, besonders weil der Name so leicht zu fälschen war."

Die drei Männer gingen ins Freie. Sie wollten zum Schloss fahren. Da fiel dem Bürgermeister noch etwas ein. „Lene", rief er laut, „Lene, komm doch mal her!"

„Bin schon da!", rief Lene zurück und kam schnell angerannt.

„Sag mal", begann der Bürgermeister mit verschmitztem Lächeln, „kommt dieser Herr dir irgendwie bekannt vor?"

Wie aus der Pistole geschossen antwortete Lene: „Wenn du wissen willst, an wen er mich erinnert: Er ist der Ursel wie aus dem Gesicht geschnitten."

„Das ist das allerbeste Zeugnis für Sie, Herr Lohse", sagte der Bürgermeister. Er lachte schallend über die Art, in der die alte Lene ihre Meinung ausgedrückt hatte. „Unsere Lene hat nämlich Ihre Mutter gut gekannt. Und den feinen Herrn Lense hat sie neulich gründlich abblitzen lassen."

„Dann bedanke ich mich herzlich, Frau Lene", sagte der junge Mann und schüttelte der guten Alten die Hand. „Ich hoffe, Sie erzählen mir später viel von meiner Mutter."

Sie gingen zum Wagen des Bürgermeisters. Doch ehe sie abfuhren, zögerte der junge Mann. „Sind vielleicht die drei Mädchen und die beiden Burschen in der Nähe, denen ich ein paarmal begegnet bin?", fragte er. „Ich hätte sie gern dabei, wenn wir im Schloss suchen. Wir haben gestern Freundschaft geschlossen."

„Dacht ich mir's doch!", brummte der Wachtmeister. Aber der Bürgermeister rief laut: „Peter! Peter!"

Und siehe da: Ganz in der Nähe, an einem Scheunentor, tauchte sein Enkelsohn auf, hinter ihm die Zwillinge und die Geschwister Jenny und Jürgen. „Bitte sehr", sagte der Bürgermeister, „da haben Sie den Fünferbund!"

„Hallo, kommt her", rief ihr Freund aus Australien, „wollt ihr mit uns zum Schloss fahren?"

Alle nickten begeistert. „Nimm eine Baumsäge mit, Peter!", rief der Großvater. Peter und Jürgen stiegen zu ihm und dem künftigen Schlossherrn ins Auto. Die Mädchen rannten mit dem Wachtmeister nach Hause. Herr Huber holte seinen Wagen aus der Garage.

„Wohin fahrt ihr?", rief Erna, als sie ihren Klaus mit den dreien ins Auto steigen sah.

Aber Herr Huber lachte nur: „Du wirst staunen, was heute noch passiert!“

Kopfschüttelnd ging Erna ins Haus. Was bedeutete das nun wieder? Aber ihr Klaus war dabei, und wenn er in der Nähe war, dann passierte „ihren“ Kindern bestimmt nichts.

Der Erbring

Wachtmeister Huber schilderte den Mädchen kurz, worum es ging. Sie hielten an jener Seite des Schlosses, wo die fünf Freunde vor Kurzem die Kellertür entdeckt hatten.

Diesmal war es noch hell und außerdem hatten Wachtmeister Huber und der Australier starke Taschenlampen dabei. Aber so gut sie im Licht alles erkannten – deutlich war nur, dass keine einzige Flasche Wein mehr im Keller lag. Nirgends! Sie öffneten die Schränke: Alle Regale waren leer. Kein Wunder! Schließlich war das Schloss lange unbewohnt gewesen! Viele Menschen waren in den Jahren seit dem Tod des letzten Harringers hindurchgegangen. Die Behörden, denen die Verwaltung übertragen wurde, waren weit weg und hatten kein sonderliches Interesse gehabt, alles zu hüten.

„Das hätte ich mir denken können!", sagte der Australier. Er schien mit einem Mal mutlos.

Wachtmeister Huber leuchtete an jene Stelle, die der Beschreibung nach die richtige war. Keine Spanschachtel, kein Ring!

„Sie werden doch jetzt nicht den Kopf hängen lassen!", sagte der Bürgermeister zu dem jungen Mann. „Wir gehen erst einmal zum Baumhaus." Sie stiegen die Treppe wieder hinauf. „Ziemlich steil", meinte der Bürgermeister und wischte sich über die Stirn. „Wenn einer da über den Durst getrunken hatte, muss der Aufstieg kein Vergnügen gewesen sein."

„Wahrscheinlich hat er den Rausch dann gleich unten am Tisch ausgeschlafen", meinte der junge Mann. Alle lachten und niemand merkte, dass die Zwillinge zurückblieben.

Hanni und Nanni wollten so schnell nicht aufgeben. Sie sperrten den Schrank wieder auf und versuchten mit weit vorgereckten Armen bis in den hintersten Winkel zu gelangen. Wer sagte denn, dass der Ring wirklich in der dritten Reihe lag? Er konnte doch tiefer gerutscht sein. Oder die Spanschachtel hatte sich verklemmt. Eifrig tasteten sie an der Rückwand entlang. Sehen konnten sie nichts. Aber dann ertasteten sie beide einen Spalt in einer Trennwand, jede von einer Seite. Sie lachten, als sich ihre Fingerspitzen plötzlich berührten. Schon wollten sie die Arme zurückziehen. Da ... halt!

„He!", rief Nanni. „Das muss der Deckel der Spanschachtel gewesen sein!" Sie hielt ein rundes Holzstück in der Hand, das zur Hälfte noch einen Rand zeigte. War der Ring aus der Schachtel gestohlen worden? Noch einmal tasteten sie überall entlang, dann zog Hanni den Ring heraus. Den Erbring der Harringers! Genau wie die Baroness Ursel ihn beschrieben hatte: ein glatter, breiter Goldring mit dem Wappen und den beiden Saphiren!

Wortlos starrten sie einen Augenblick auf ihren kostbaren Fund, dann rasten sie die Stufen hinauf, am Schloss vorbei zum Badehaus.

Die Erwachsenen berieten gerade, wie man am besten vorgehen sollte. Jenny hatte sich schon ein paarmal nach ihren Freundinnen umgeschaut, vermutlich hatte sie als Einzige die beiden vermisst. Als Hanni und Nanni jetzt angerast kamen, rief sie: „Was habt ihr denn da?"

Überrascht drehten die anderen sich um und sahen Hanni und Nanni wie gejagt heranstürzen. Atemlos kamen sie zu der Gruppe, japsten und keuchten und Hanni streckte dem Australier die Hand hin, in der sie den Ring hielt.

„Mädchen!" Er nahm den Ring behutsam, fast andächtig, und betrachtete ihn genau. Dann gab er ihn dem Bürgermeister. Der schüttelte ihm die Hand.

„Das dürfte Beweis genug sein", rief er, „und ich meine, wir können Sie als künftigen Nachbarn und Schlossherrn begrüßen."

Nun erst konnten die Zwillinge berichten, wie sie den Ring aufgespürt hatten.

Der Bürgermeister meinte: „Ich finde, wir suchen nicht nach dem kleinen silbernen Herzen. Wer weiß, ob der Baum nicht längst darübergewachsen ist. So wird also das Herz immer im Baum bleiben, wie es Ihr Vetter damals gesagt hatte."

„Das sind ja erfreuliche Nachrichten", meinte Erna, als abends ihr Mann mit den Zwillingen um die Wette berichtete. „Und der rothaarige Fremde ist ein gerissener Gauner. Na, seine Strafe kriegt er schon noch! Das nächste Mal wird er sicher nicht ungeschoren davonkommen." Doch dann sah sie die Schwestern mit strengem Blick an: „Wissen möchte ich bloß, welche Rolle ihr bei der ganzen Geschichte gespielt habt. Ihr und eure Freunde – wo sind Jenny und Jürgen eigentlich?"

„Die kommen bald herüber. Sie wollten nur schnell nach Hause schreiben und die Post zum Bahnhof bringen."

„Aha! Sie haben wahrscheinlich genauso selten an ihre Eltern geschrieben wie ihr. Und jetzt kriegen sie Gewissensbisse, weil sie bald heimfahren."

Erna ist weiß Gott nicht auf den Kopf gefallen, sie durchschaut einen ungemein schnell!, dachten die Zwillinge wieder einmal. Jetzt würde es sicher ein ordentliches Donnerwetter geben, weil sie sich so oft bei dem Australier herumgetrieben hatten.

Sie hatten sich nicht geirrt! „Wo habt ihr den Herrn Lohse zuerst getroffen?“, fing Erna das Verhör an.

Was blieb ihnen anderes übrig, als von ihren Erkundungsfahrten zu berichten? Von den nächtlichen Ausflügen erwähnten sie lieber nichts.

„Ihr habt euch also einfach mit dem wildfremden Mann im Wald getroffen? Wenn das nun ein Verbrecher gewesen wäre? Er konnte ja auch ein Mensch wie dieser Lense sein.“

„Aber Erna! Mit dem hätten wir doch nicht gesprochen! Den mochten wir von Anfang an nicht“, beteuerte Hanni mit Unschuldsblick.

„Ach, hört mir auf damit! Ihr wolltet was erleben, was Abenteuerliches. An mich habt ihr dabei natürlich nicht gedacht. Wie hätte ich vor euren Eltern dagestanden, wenn euch etwas passiert wäre?“ Erna war ernstlich böse.

„Wir waren doch zu fünft“, sagte Nanni leise.

„Das ist auch eure einzige Entschuldigung“, knurrte Erna. „Ich hätte es mir ja denken können, dass in euren Köpfen nichts als Unfug herumspukt ...“

„... wie das Licht im Geisterschloss“, meinte die unverbesserliche Hanni.

Wachtmeister Huber hätte beinahe laut gelacht. Doch weil er innerlich seiner Frau recht gab, nickte er ernsthaft und polterte los: „Erna hat wirklich allen Grund, ärgerlich zu sein.

Die Sache hätte ebenso gut schiefgehen können. Gerade wir bei der Polizei erleben immer wieder, wie junge Leute sich als Detektive unnötig in Gefahr bringen. Doch nun Schwamm drüber! Ich schlage vor, wir reden nicht mehr davon."

Sie holten ihre Spiele aus dem Schrank und waren mitten beim „Mensch, ärgere dich nicht!", als Jürgen und Jenny erschienen ...

Als sie später zu Bett gingen, brachte Nanni das Gespräch noch einmal auf das Falschgeld. „Wir dürfen nicht mehr auf eigene Faust nach dem Verbrecher suchen", meinte sie. „Der ist bestimmt gefährlich."

„Das wollen wir ja auch gar nicht", wandte Hanni ein. „Wir haben doch beschlossen, unseren Australier einzuweihen."

Daraufhin schlief auch Nanni mit gutem Gewissen ein.

Am anderen Morgen trommelten sie Jürgen und Jenny aus den Betten. „Wir wollen den Australier suchen, bevor er etwas anderes unternimmt." Damit hatte Hanni gewiss recht. Sie holten später auch Peter ab. Der hatte gerade von seinem Großvater den Auftrag erhalten, Herrn Lohse noch einmal nach Rottleben zu bitten. So fuhren sie alle fünf in den Grüninger Forst.

„Ihr kommt eben noch zur rechten Zeit", empfing sie der Australier. „In einer Stunde will ich wegfahren."

„Das geht nicht", platzte Jenny heraus.

Herr Lohse lachte. „Und warum nicht?"

„Weil mein Großvater Sie bittet, noch mal zu ihm zu kommen", sagte Peter. „Er hat Protokolle aufgesetzt, die Sie unterschreiben müssen – auch wegen dieses Herrn Lense. Und er braucht noch ein paar Auskünfte."

„Gut, ich komme selbstverständlich. Aber die junge Dame wollte etwas anderes sagen", meinte der Australier. Dabei sah er Jenny an, die blutrot wurde, jedoch schwieg. So redete Jürgen an ihrer Stelle.

„Wir möchten Sie um Hilfe bitten", begann er. „Im Schloss – in Ihrem Schloss", verbesserte er sich, „ist nicht alles in Ordnung. Dort treibt sich jemand herum, der irgendetwas hineinschmuggelt und wieder abholt. Wir vermuten: Falschgeld."

„Na, das ist doch …! Wie kommt ihr darauf?"

Nun schilderten sie ihm, wie immer wieder falsche Zwanzigeuroscheine auftauchten, wie sie einem nächtlichen Schlossbesucher aufgelauert hatten, und erzählten dann von dem merkwürdigen Schrankschloss im Saal.

„Das ist mir auch aufgefallen, als ich einmal herumging." Herr Lohse nickte. Dann lachte er und sagte ihnen auf den Kopf zu, dass sie ihn als Einbrecher oder Hehler verdächtigt hatten. „Und diesem Verdacht verdanke ich eure Bekanntschaft. Stimmt's?"

Alle fünf hatten so rote Köpfe, dass eine weitere Antwort unnötig war. Herr Lohse lachte. „Habt ihr noch einen anderen Verdächtigen?“

Die Freunde erzählten nun von dem Reisenden, der immer beim alten Kunze wohnte.

„Gut“, sagte Herr Lohse, „ich helfe euch. Zunächst knöpfe ich mir einmal diesen alten Mann vor. Und die Polizei verständige ich auch.“ Er sah die Zwillinge an. „Warum habt ihr nicht längst mit eurem Wachtmeister Huber gesprochen? Der scheint mir ein ganz patenter Mann zu sein, mit dem man Pferde stehlen kann – wenn man das von einem Polizisten behaupten darf“, setzte er lachend hinzu.

Die Zwillinge nickten. „So ist er auch“, sagte Hanni. „Aber Erna, seine Frau, die ist schrecklich ängstlich. Und wenn Sie mit ihm reden: Erna darf auf gar keinen Fall erfahren, dass wir nachts im Park waren. Bitte!“

„Verlasst euch drauf, sie erfährt nichts“, versprach er.

Eine Katze hilft der Polizei

Zum zweiten Mal war der Australier beim Bürgermeister. Von dort ging er zur Polizeistation und – da Wachtmeister Huber schon Dienstschluss hatte – in Hubers Haus.

Erna freute sich, dass sie den neuen Schlossherrn zu Gesicht bekam. Noch wusste ja niemand anderes im Dorf, dass er es war!

Der Wachtmeister bat ihn in sein Büro, aber Herr Lohse winkte ab. „In Ihrem Wohnzimmer sind doch gewiss Ihre Feriengäste. In deren Gegenwart möchte ich gern berichten, was mir da über sonderbare Leute im Schloss zu Ohren gekommen ist. Sie sind ja gescheit und können uns vielleicht weiterhelfen, wenn sie Augen und Ohren offen halten." Dabei zwinkerte er dem Wachtmeister zu.

Der begriff: Unsere lieben Kinder stecken wieder einmal mittendrin! Aber er wollte weder ihnen noch seiner Erna Kummer bereiten, also zwinkerte er zurück und lud den Gast in sein Wohnzimmer ein. „Bring uns eine Flasche Wein", bat er seine Frau.

„Also“, fing der Australier an, als alle um den runden Tisch saßen, „ich erfuhr zufällig, dass hier in der Gegend wiederholt Falschgeld aufgetaucht ist. Das Versteck in dem verlassenen Schloss zu suchen lag nahe. Wer aber versteckte es dort? Und wo? Ich ging zu dem alten Mann, der im Park in einer halben Ruine haust. Sein Hund führte sich auf wie verrückt, sodass ich nicht wagte, näher zu kommen. Da rief ich dem alten Mann zu, dass ich wahrscheinlich das Schloss geerbt habe – warum soll ich's nicht sagen? –, und da holte er den Hund zurück und ließ mich in sein Zimmer. Eine sonderbare Bude übrigens, vollgestopft mit Erinnerungen an die Harringers: Fotos, Tabakspfeifen, Geweihe – ich muss mir das später alles genau anschauen. Der Alte war wohl so etwas Ähnliches wie ein Parkaufseher und er hat sich von seinen Bäumen nicht trennen wollen. ‚Wohnen Sie hier?‘, fragte ich. ‚Und wovon leben Sie?‘ Er bekommt eine kleine Rente. ‚Zum Leben zu wenig und zum Sterben zu viel‘, meinte er. Er verdient sich ein bisschen Geld durch einen alten Kohlenmeiler, den er betreibt. ‚Bringt das denn etwas ein?‘, fragte ich. Da erzählte er von einem jungen Mann, der manchmal zu ihm kommt. ‚Er erschien eines Tages‘, sagte er, ‚und fragte nach einem Raum zum Schlafen. Ein Feldbett hatte er dabei. Er reist nämlich im ganzen Kreis herum, ist Vertreter. Er bot mir an, meine Holzkohle zu verkaufen. Für den Schlafraum bezahlt er auch. So habe ich immer ein paar Euro extra. Mich stört er nicht und mein Hund lässt ihn durch. Dem hat er ein paarmal ein großes Stück Wurst mitgebracht.'"

„Das könnte unser Mann sein", meinte der Wachtmeister. „Bei der nächsten Gelegenheit will ich ihn einmal unter die Lupe nehmen."

„Wir haben ihn erst vor Kurzem gesehen", rief Hanni.

„So – woher kennt ihr ihn denn?", fragte Erna misstrauisch.

„Aber Erna! Ihr selber habt doch von einem Vertreter mit einem Kombiwagen erzählt, der Tüten und Einwickelpapier verkauft. Der war letzte Woche im Nachbardorf."

„Ach so!" Dagegen ließ sich nun wirklich nichts sagen. Der Wachtmeister bat: „Gebt mir Bescheid, sobald ihr ihn seht!"

Doch am gleichen Abend fand Herr Lohse, als er noch einmal durchs Schloss wanderte, den Wandschrank weit offen ... leer. Der alte Kunze wusste nicht, ob der junge Mann da gewesen oder fortgefahren war. Hatte er das Gespräch mittags belauscht? Bei einem Kaufmann im Ort war er – nach dessen Ankunft – vier Tage vorher gewesen, seitdem nicht mehr. Sein Name? Auf Quittungen stand „Rose", kein Vorname, keine Anschrift. „Er kam immer unangemeldet und wir bestellten jeweils bei seinen Besuchen direkt bei ihm", sagte der Kaufmann. „Bezahlt haben wir immer bar."

Da war nichts zu erfahren.

Doch dann kam Hilfe von einer ganz anderen Seite: von einer Katze!

Frau Wagner erschien gerade an diesem Abend noch spät bei Hubers und wickelte ein Päckchen aus. „Das schleppte eine von Mutters Katzen an!"

Es war ein winziges Bündel, in Papier eingeschlagen und mit einem langen losen Faden umwickelt. „Die Katze hat den Faden wohl irgendwo aufgestöbert, damit gespielt und ihn weitergezerrt. Das Bündel auch. Packen Sie es mal aus! Ich habe es getan, aber alles schnell wieder verschnürt, wie es vorher war."

Ein paar Zwanzigeuroscheine lagen darin: Falschgeld! Vermutlich war das schmale Päckchen beim eiligen Aufbruch irgendwo heruntergefallen und von der kleinen Katze fortgeschleppt worden.

„Jetzt haben wir ihn!", rief Wachtmeister Huber. Er ging ans Telefon und gab eine Meldung durch. Der Polizeiapparat wurde sofort in Bewegung gesetzt.

Am nächsten Abend schon saß der Gauner hinter Schloss und Riegel. Man hatte ihn in einem Dorf geschnappt, als er den Kaufladen besuchte. In seinem Auto lagen Pakete mit falschen Geldscheinen.

„Haben Sie noch mehr darüber erfahren?", fragten die Zwillinge, als der Wachtmeister diese Nachricht brachte.

Er nickte. „Soviel ich hörte, hatte der Gauner in einem Lager eine Druckerei eingerichtet. Die steht im Nachbarkreis, aber er fühlte sich dort nicht mehr sicher. Da tarnte er sich als Vertreter, um von hier aus die Blüten unter die Leute zu bringen."

„Blüten?", fragte Hanni mit großen Augen. „Was hat das alles mit Blumen zu tun?"

„So werden die falschen Scheine von den Gaunern genannt."

„Und warum wohnte er beim alten Kunze?", wollte Nanni wissen.

„Dort war er nahe bei seinem Versteck und konnte ungestört kommen und gehen. Der Hund tat ihm nichts. Das habt ihr ja gehört. Seelenruhig konnte er aus- und einladen."

„Bis wir ihn störten!", lachte Hanni.

„Richtig! Aber damit habt ihr euch wieder mal verraten, Herrschaften! Gut, dass Erna gerade hinausgegangen ist. Guckt nicht so entsetzt, ich werde mich hüten, meine Frau nachträglich zu erschrecken. Euer Glück, dass ihr euch zuletzt an Herrn Lohse gewandt habt!" Er zupfte die Zwillinge an den Ohrläppchen und sagte: „Schlaft gut und ruht euch auf euren Lorbeeren aus! Erna ist draußen in der Küche, falls ihr sie sucht."

Die beiden gingen schnell zu ihr, umarmten sie und wünschten ihr eine gute Nacht.

„Was habt ihr denn heute?", fragte sie.

„Ach, es sind so wundervolle Ferien bei dir", versicherte Hanni und Erna war wieder einmal gerührt über ihre lieben Kinder.

Für das letzte gemeinsame Wochenende mit den Geschwistern Jürgen und Jenny hatten Hubers eine lange Fahrt bis zum Meer geplant. Peter konnte diesmal nicht mit, seine Eltern waren beim Großvater zu Besuch. Und Mechthild hatte Ferien, sie war schon ein paar Tage vorher mit zwei Freundinnen in den Süden gereist. So fuhren sie zu sechst in Hubers Wagen. Jürgen und Jenny vorn neben Herrn Huber, hinten Erna zwischen ihren beiden „Kindern".

Sie übernachteten in einem kleinen Hotel, das die Hubers kannten. So friedlich verliefen die beiden Tage – kaum zu glauben, welche Aufregungen hinter ihnen lagen!

„Nun können wir auf jeden Fall in Lindenhof davon erzählen", sagte Jenny zu ihren Freundinnen. „Wir haben uns nicht blamiert. Im Gegenteil: Wir haben noch einen Fall gelöst, nämlich den richtigen Schlossherrn gefunden!"

„Ihr seid doch grässliche Angeber", unterbrach Jürgen die Schwester. „Gelöst haben wir überhaupt nichts. Wir haben bloß ein bisschen mitgemischt."

„Aber sehr entscheidend", meinte Nanni. „Hanni hat den

Ring gefunden, vergiss das nicht! Und der Tipp mit dem Vertreter – stammte der vielleicht nicht von uns?"

Jürgen antwortete nur mit einem Achselzucken. Insgeheim überlegte er jedoch, dass er seinen Schulkameraden erzählen wollte, wie er nachts mit Peter im Park herumgeschlichen war und wie sie den Spuk aus dem Geisterschloss vertrieben hatten. Als Jürgen und Jenny sich am Montag verabschiedeten, um nach Hause zu fahren, bedankten sie sich tausendmal bei ihren großzügigen Gastgebern.

„Ihr kommt ja wieder", sagte Erna am Schluss, „wenn das große Fest im Schloss steigt."

Richtig – das Fest! Herr Lohse war inzwischen in die Landeshauptstadt gefahren, um dort alles zu regeln, was es zu regeln gab, bevor er das Erbe wirklich antreten konnte. Er war zuversichtlich, dass er keine Schwierigkeiten mehr haben würde. Der Bürgermeister hatte ihm seine Hilfe zugesagt, falls er sie brauchte. Er hatte ihm außerdem versichert: „Wegen der hohen Kosten für Reparaturen und Umbauten im Schloss brauchen Sie sich keine Gedanken zu machen. Die Pacht für Äcker und Wiesen muss in all den Jahren einen schönen Batzen Geld erbracht haben. Und von dem großen Waldbestand können Sie leicht einen Teil entbehren. Wenn Sie den verkaufen, bringt er ein Vermögen."

Als der künftige Schlossherr sich von seinen jungen

Freunden verabschiedete, dankte er ihnen noch einmal herzlich. Und er lud sie ein. „Sobald ich ins Schloss ziehen kann, feiere ich ganz groß Einstand – auch wenn in den Räumen noch nicht alles tipptopp ist. Ihr müsst unbedingt kommen. Ihr seid meine Ehrengäste. Wenn ihr eure Eltern und Freunde und Freundinnen mitbringen wollt, dann tut es. Ich fange hier ja ein ganz neues Leben an, ohne Verwandte und ohne Bekannte. Da ist es mir nur recht, wenn ich neue Menschen kennenlerne."

Das war ein Ereignis, auf das sich alle freuten. Die Mädchen hatten fest vor, Bobby und Carlotta mitzubringen, vielleicht auch Claudine – das ergab sich gewiss noch. Und Erna sagte den Geschwistern eindringlich, sie sollten ihre Eltern mitbringen, auf die Eltern Sullivan rechnete sie sowieso fest.

Na also – dann war es ja nur ein Abschied auf Zeit! Jürgen und Jenny bestiegen ihre Fahrräder. Sie winkten zurück und veranstalteten ein Klingelkonzert, ehe sie um die Ecke bogen. Kaum waren sie verschwunden, schwangen sich die Zwillinge und Peter auf ihre Räder und jagten ihnen nach. Sie hatten vorher schon verabredet, die beiden ein Stück zu begleiten.

Als sie später nach Hause kamen, sagte Hanni am Mittagstisch zu Erna und ihrem Mann: „Dass Jürgen und Jenny so lange hier sein durften, war furchtbar lieb!"

„Und wir danken euch herzlich dafür", fügte Nanni hinzu.

Zehn Tage später erschienen Herr und Frau Sullivan, um ihre Töchter abzuholen. Die Wiedersehensfreude war groß, aber der Abschied von ihrer heiß geliebten Erna fiel ihnen doch sehr schwer.

„Mami", rief Hanni, „es waren himmlische Ferien!" Und Nanni versicherte: „Paps, du kannst dir nicht vorstellen, wie schön es bei Hubers war."

Dicke Tränen liefen Erna übers Gesicht, als sie den Zwillingen nachwinkte. Und ihr Mann stand mit trauriger Miene neben ihr. Die lustigen Schwestern waren ihm in diesen Wochen ans Herz gewachsen.

Wieder nach Rottleben

„Hanni! Nanni! Wo seid ihr denn?“ Jenny sauste durch die Flure von Lindenhof. „Hat niemand die Zwillinge gesehen?“

Alle schüttelten den Kopf, bis Doris zur Hoftür hereinkam. „Draußen beim Sportplatz sind sie.“

Schnell lief Jenny dorthin. „Hanni! Nanni! Post für euch, wichtige Post!“, rief sie, schwenkte einen Umschlag und zeigte ihnen einen zweiten, den sie selber geöffnet hatte. „Von Herrn Lohse“, sagte sie, als die Zwillinge herankamen. „Die Einladung!“

„Endlich!“ Hanni riss den Brief auf. „Sonnabend nächster Woche. Ich hatte schon Angst, dass es für ein Fest im Freien zu kalt werden könnte.“

„Wann fahren wir?“, fragte Nanni.

„Ich denke: Freitagnachmittag“, antwortete Hanni. „Wir rufen am besten nachher zu Hause an.“

„Und wen laden wir ein?“, erkundigte sich Jenny. „Herr Lohse schreibt doch extra: Vergesst nicht, ein paar Freundinnen mitzubringen.“

Bobby und Carlotta sollten mitkommen, das stand fest. Sie hatten längst darüber gesprochen. Hilda, die Klassensprecherin? Sie erwartete für die nächste Zeit den Besuch ihrer Eltern, deshalb konnte sie bestimmt nicht mit. Und Claudine? Ihr hatten sie von dem Fest erzählt, aber Claudine schien wenig Lust zu haben. Sie war ja ziemlich bequem und fürchtete wahrscheinlich die Reise und die ungewohnte Umgebung ... Von den anderen kam niemand recht infrage. Sie hatten alle miteinander ein bisschen ungläubig und ein bisschen neidisch gelauscht, als Jenny und die Zwillinge von ihren Abenteuern in Rottleben berichteten. Angela von Faber, die sich auf ihren Adel viel einbildete, hatte gespottet: „Da soll also ein stinknormaler Ingenieur Schlossherr werden? Der weiß doch gar nichts anzufangen mit einem solchen Bau, noch dazu, wo er direkt von den Steinzeitmenschen in Australien kommt!"

„Hast du eine Ahnung!", hatte Jenny empört geantwortet. „Im Gegenteil. Der wird sein Geld und sein Schloss garantiert richtig nutzen. Gerade weil er sich nicht wichtig macht mit seinem Besitz. Außerdem muss er erst wieder etwas daraus machen!"

„Na schön, bewundert euren Helden nur!", sagte Angela. Sie rauschte davon.

Die übrigen Mädchen der Klasse nahmen an, dass die Zwillinge und Jenny sich nur einen Spaß machten und die ganze

Geschichte erfunden hatten. Als dann so lange keine Nachricht von Rottleben kam, stand es für sie fest: Die drei hatten ihnen einen tüchtigen Bären aufgebunden!

Aber jetzt mussten sie sich vom Gegenteil überzeugen: „Ihr lieben Mädchen habt mir geholfen, zu meinem Erbe zu kommen", schrieb Herr Lohse. „Wie wir es bei unserem Abschied besprachen, seid ihr die Ehrengäste bei meiner Einstandsfeier. Ich rechne fest mit euch und freue mich aufs Wiedersehen."

Die Direktorin, Frau Theobald, und die Lehrerinnen wussten längst Bescheid und hatten erlaubt, dass die Mädchen über ein Wochenende nach Rottleben fuhren. Nun suchten die drei Bobby und Carlotta. Die lösten gerade mit Doris zusammen ein Kreuzworträtsel. „Feier – vier Buchstaben ..."

„Fest – natürlich! Und unser Fest steigt auch", lachte Hanni. „In acht Tagen im Geisterschloss", ergänzte Nanni. „Willst du vielleicht mitkommen, Doris?"

Es war nur ein Einfall, weil Doris gerade dabeisaß. Aber Doris strahlte. „Furchtbar gern", sagte sie und Nanni war froh, dass sie gefragt hatte.

Es gab noch ein paar Telefongespräche, dann stand fest: Am nächsten Freitag wollten die Eltern Sullivan ihre Töchter abholen und noch eine von den Freundinnen mitnehmen. Die anderen drei wurden von Hubers geholt. Echt Erna: Sie hatte wieder einmal überlegt, wie sie „ihren“ Mädchen alles am besten einrichtete. Außerdem war es für sie eine günstige Gelegenheit, Lindenhof kennenzulernen, auf das sie sehr neugierig war!

Nun, sie lernte es kennen, die Zwillinge führten sie überall herum. Das netteste war die Begegnung mit „Mamsell“, der Französischlehrerin. Sie kam gerade die Treppe herunter, als Hubers mit Jenny und den Zwillingen in der Halle standen. „Ach bitte, Mamsell“, rief Hanni, „dürfen wir Ihnen unsere liebe Erna vorstellen. Sie hat uns zur Hälfte mit erzogen ...“

„... verzogen“, warf Jenny ein.

„... meinetwegen verzogen“, gab Hanni zu, „und wir waren im Sommer bei ihr.“

„Ah ... im Geisterschloss!“ Mamsell war stolz, dass sie sofort Bescheid wusste.

Aber Erna rief erschrocken: „Geisterschloss? Wir wohnen in einem ordentlichen Haus. Gespenster mag ich nicht.“

„Vraiment, ma chère!“, rief Mamsell und Hanni und Nanni erklärten ihr, dass das „Tatsächlich, meine Liebe!“ heiße. „Sie haben recht, ich mag auch keine Gespenster“, lächelte Mamsell.

„Eine sehr vernünftige Person“, lobte Erna später. „Mit der würde ich mich gut verstehen.“

„Sie würde deinem Mann aber manchmal ins Handwerk

pfuschen", sagte Hanni. Nanni ergänzte: „Sie fängt gern Verbrecher. Danach stellt sich allerdings immer heraus: Es sind gar keine!"

„Ich hoffe doch wohl, dass ihr da in meine Fähigkeiten mehr Vertrauen habt", sagte der Wachtmeister grinsend. „Wenn ich Einbrecher fange, dann sind es wirklich welche."

„Ach ja, was ist eigentlich mit dem Falschgeldmann geworden?", rief Hanni.

„Ist er schon verurteilt?", wollte Nanni wissen.

„Vor acht Tagen. Übrigens bekommt ihr noch Geld. Es war eine Belohnung ausgesetzt. Ein Teil davon gehört euch. Frau Wagner, die so viel Ärger mit dem Falschgeld hatte, bekam die Hälfte, weil sie ja den entscheidenden Hinweis brachte. Die andere Hälfte wird unter euch Fünfen aufgeteilt. Peter hat seinen Anteil schon."

Das war eine Überraschung.

Die Zwillinge und Jenny überlegten, was sie mit dem Geld anfangen wollten. Sparen? Quatsch! Sie wollten doch was davon haben. Sie berieten hin und her, bis Jenny schließlich den besten Einfall hatte. „Wir kaufen ein Geschenk für Hubers, denen wir das Ganze verdanken."

Das ließ sich hören! Doch was sollten sie kaufen?

„Wollen wir nicht abwarten, ob Jürgen etwas weiß? Wir treffen ihn morgen bestimmt und besorgen können wir es immer noch. Auch mit den Eltern müssen wir sprechen", meinte Nanni.

Doch Jenny war groß in Form: Ihr fiel schon wieder etwas ein. „Wie wäre es, wenn wir etwas für ihre Campingausrüstung kaufen würden?"

„Menschenskind, Jenny, bist du gesund?", fragte Hanni besorgt. „So viele gute Vorschläge an einem Tag – wenn dir das nur bekommt!"

Als sie später mit den Eltern sprachen, fanden die Jennys Plan ausgezeichnet. Sie fuhren auf dem Weg nach Rottleben gleich noch zur Stadt und kauften ein. „Jürgen ist gewiss einverstanden", meinten die Mädchen. Und damit hatten sie recht.

In Rottleben versammelten sich alle zunächst in Hubers Wohnzimmer, das kaum groß genug für so viele Gäste war.

„Ich bin bloß gespannt, wo Erna uns alle unterbringt. Mechthild kommt ja morgen Abend auch nach Hause", murmelte Hanni.

„Also, Mädchen", rief Erna in diesem Moment, „hört mal zu: Ich habe die Eltern der Zwillinge eingeladen, in dem kleinen Kämmerchen zu schlafen, in dem die Mädchen im Sommer wohnten. Ihr sechs geht alle hinüber zum Bürgermeister. Dort gibt es viele Betten und die alte Lene hat für euch schon alles hergerichtet. Ich habe eben angerufen, dass ihr in einer halben Stunde drüben seid!"

„Und wenn Jürgen kommt, vielleicht sogar mit Freunden?", fragte Jenny.

„Bei Webers nebenan ist für mindestens drei Platz!", beruhigte Erna sie. „Sei unbesorgt!"

Die Mädchen verabschiedeten sich also und gingen hinüber ins Bürgermeisteramt. Als sie das Hoftor öffneten, erschien am Küchenfenster ein grauer Kopf.

„Frau Lene", rief Nanni. Ihre Schwester und Jenny stimmten ein: „Frau Lene! Frau Lene!" Dann stürmten sie über den Hof. Lene kam an die Haustür und begrüßte sie herzlich, auch die anderen drei, die noch dazukamen. „Fein, dass ich euch einmal länger hier habe als bloß zu einem Kaffeebesuch!"

Im Wohnzimmer trafen sie nicht nur den Bürgermeister, sondern auch Peter und dessen Freund Wolfgang.

„Na, da haben wir ja die ganze Besatzung beisammen", meinte der Bürgermeister. „Jetzt können wir fast eine Jugendherberge aufmachen." Das schien ihm großen Spaß zu machen. Er blieb den ganzen Abend bei den jungen Gästen, die von Lene erst mal mit diversen Leckerbissen verwöhnt wurden. Um neun Uhr mahnte Lene: „Heute müssen alle früh ins Bett. Morgen wird es gewiss anstrengend und außerdem spät."

Die sechs Mädchen schliefen in zwei Zimmern, die nebeneinanderlagen. Sie waren schon fast eingeschlafen, da rückte Doris mit einem Plan heraus, der sie mit einem Schlag wieder munter machte. Sie standen noch einmal auf, berieten und probten, bis die Kirchturmuhr elf schlug …

War das ein Spaß, als sie am folgenden Tag die Eltern und die Freundinnen überall herumführten! Sie fuhren sogar zum Waldsee hinaus, aus dem Jürgen das „Krokodil" gefischt hatte: Herr Huber mit Nanni und Jenny, Bobby und Carlotta in einem Wagen, dahinter die Eltern mit Hanni und Doris. So konnte immer eine erklären und berichten, was sie gesehen und erlebt hatten. Als sie gegen Mittag nach Hause kamen, war auch Jürgen da. Er hatte niemanden mitgebracht und zu Jennys Enttäuschung kamen ihre Eltern auch nicht.

Herr Huber war auf der Heimfahrt schnell in die Polizeistation gegangen und hatte einen Brief und einen besonderen Umschlag abgeholt. Bevor sich alle für das Fest umzogen, holte er Brief und Kuvert aus der Tasche und las laut vor, dass die Geschwister Hanni und Nanni Sullivan und Jenny und Jürgen Robin für ihre tatkräftige Mithilfe bei der Polizeifahndung den herzlichen Dank und je dreißig Euro von der ausgesetzten Belohnung erhielten.

Das war das Stichwort! Die Zwillinge liefen mit ihrem Vater zum Kofferraum des Wagens. Jenny nahm ihren Bruder beiseite und erklärte ihm, was sie schon im Voraus mit dem von den Eltern ausgelegten Geld angefangen hatten. Frau

Sullivan lenkte Erna und ihren Mann inzwischen durch ein Gespräch ab. In Windeseile wurden draußen im Hausflur der Campingtisch und die Klappstühle aufgestellt. Dann riss Hanni die Tür zum Wohnzimmer auf. „Erna, komm doch schnell mal und bring deinen Mann mit!"

Die beiden erschienen sofort. Herr Sullivan hielt eine kleine Rede: „Liebe Hubers, unsere Kinder und ihre Freunde finden, dass Ihnen der Löwenanteil an dem unverhofften Geldsegen gebührt. Das heißt, sie möchten einen kleinen Dank für die schöne Zeit in Ihrem Haus abstatten und Ihnen eine Freude bereiten. Sie sind in Ihrer Freizeit oft unterwegs. Bitte erinnern Sie sich bei einer gemütlichen Rast dann an die Kinder, die von Ihnen oft spazieren gefahren wurden und die diese schönen Ferien bestimmt nie vergessen werden."

Erna liefen die Tränen übers Gesicht, es war der reinste Platzregen! Sie konnte gar nicht sprechen, nahm nur „ihre" Kinder, zu denen sie Jürgen und Jenny inzwischen auch rechnete, abwechselnd in die Arme. Als die zweite Umarmungsrunde begann, ging Jürgen ihr lieber aus dem Weg. Er verzog sich hinter Herrn Huber, der ihm kräftig die Hand schüttelte und dann seine Erna beiseitezog. „Mach Schluss, Erna. Die Mädchen müssen sich umziehen. Und was sollen die Gäste im Schloss denken, wenn du so verweint ankommst?" Er bedankte sich ebenfalls bei den Mädchen und rief dann: „Bitte in einer Stunde zur Abfahrt hier sein! Jürgen fährt mit Bürgermeisters. Wir anderen fahren mit derselben Besetzung wie von Lindenhof hierher."

Alle guten Geister …

„Kinder, bin ich auf das Schloss gespannt!“, jubelte Nanni, als sie in den Parkweg einbogen. Schon klang von dorther Musik und dann war der Blick frei. Blumen, Grünpflanzen, fröhliche Menschen … So hatten sie das Schloss beim ersten Mal gesehen, so war es auch heute.

Trotzdem erschien ihnen alles viel, viel schöner als damals. Da standen Tische mit langen Bänken davor und mit Gläsern und Blumen darauf. Oben auf der Terrasse waren Drähte mit bunten Glühbirnen gespannt und hinunter bis zu den ersten Bäumen des Parks hingen rote, grüne und gelbe Lampions. Ganze Kübel mit leuchtendem Herbstlaub und hohen Dahlienstängeln standen an allen Ecken und Enden, Girlanden schmückten Türen und Fenster. Sehr fröhlich und festlich sah es aus.

Sie hatten die Autos am letzten Seitenweg im Park gelassen und gingen zu Fuß zum Schloss, vorweg der Bürgermeister mit der alten Lene.

Da kam Herr Lohse. „Hallo“, rief er schon von Weitem,

„alle meine Ehrengäste auf einmal!“ Er schüttelte jedem die Hand und hieß auch die neuen, unbekannten Gäste willkommen. Dann winkte er der Musik: „Empfangstusch für meine Ehrengäste!“

Die anderen Leute, die schon da waren, kamen heran: junge Mädchen und Burschen aus den umliegenden Dörfern, ein paar Damen und Herren aus der Landeshauptstadt und von der Kreisverwaltung. Auch Frau Wagner und ihre Mutter waren da, und neben ihnen stand – sie rieben sich die Augen – war das wirklich der knurrige alte Kunze, der so vergnügt schmunzelte? Alle klatschten, als Herr Lohse die alte Lene, Peter, Jürgen und die drei Freundinnen als seine guten Helfer und Ehrengäste bei diesem Fest vorstellte.

„Richtig peinlich“, murmelte Jenny den Zwillingen zu und die zwei Jungen wussten nicht, wohin sie vor lauter Verlegenheit schauen sollten. Nur die alte Lene strahlte und winkte vergnügt allen Bekannten zu.

„Bitte zu Tisch!“, rief Herr Lohse. Er führte Lene zur Mitte der Tafel neben seinen eigenen Platz. „Ihr fünf kommt auch her!“, rief er. „Und Sie, Herr Bürgermeister, ebenfalls. Wir müssen für unsere jungen Damen genug Herren haben!“

„So, da werde ich mich wieder zwischen euch setzen“, sagte der Bürgermeister lachend zu den Zwillingen. „Wisst ihr noch, wie wir bei eurer Ankunft gemeinsam am Fenster standen?“

Und ob sie das wussten! „Seitdem ist aber eine Menge passiert!", meinte Hanni.

Nanni sah sich um, ob die anderen Freundinnen einen guten Platz hatten. Ja, da winkten sie! Die Eltern und Hubers saßen neben ihnen. Auch Mechthild war plötzlich am Tisch und schwatzte schon eifrig mit Wolfgang. Prima!

Prima war auch das Essen, das nun aufgetragen wurde: eine Cremesuppe ... hm! Nanni leckte ihren Löffel noch extra ab und bekam deshalb von Hanni hinter dem Rücken des Bürgermeisters einen Puff. Rinderbraten mit grünen Bohnen – jetzt leckte Nanni die Gabel nicht ab, Bohnen ... brrr! – und zum Schluss Eis. Alles schmeckte herrlich, bis auf die Bohnen, dachte Nanni, und es gab sogar Wein zu trinken, richtigen Wein.

Eine Rede wurde zum Glück nicht gehalten.

Herr Lohse hatte nur gesagt: „Nochmals herzlich willkommen! Und ich wünsche allen guten Appetit!"

Mit einem Mal waren auch die fünf gar nicht mehr verlegen, sondern putzmunter. Alles wollten sie erfahren: Seit wann Herr Lohse endgültig als Erbe anerkannt war, ob er schon viel am Schloss gerichtet hatte ...

„Das müsst ihr euch selber anschauen", sagte Herr Lohse.

„Und warum ist der alte Kunze so fidel?", fragte Hanni.

„Hat er seinen Hund noch?", erkundigte sich Nanni.

„Ja, und er ist wieder Wächter und führt beim Bau die Aufsicht, wenn ich nicht da bin."

„Und die Katzenmutter ... Hat sie ihre vielen Katzen behalten?", fragte Hanni.

„Die sind im Tierheim, bis auf zwei besondere Lieblinge."

„Werden die Gewächshäuser wieder eingerichtet?", wollte Nanni wissen.

„Eines Tages bestimmt, aber vorläufig ist anderes wichtiger." So ging es, bis Lene meinte: „Lasst den Herrn jetzt mal in Ruhe essen. Er verhungert ja, wenn er alle Fragen beantworten soll."

Nach dem Essen konnte jeder tun und lassen, was er wollte. Die Zwillinge und Jenny holten ihre Freundinnen und führten sie durchs Schloss. Natürlich hatten sie vorher Herrn Lohse um Erlaubnis gebeten. Nun wanderten sie durch die Räume, in denen sie früher nur verstohlen herumgeschlichen waren. Der Staub war verschwunden. Ein Wohnraum war behaglich eingerichtet. In der Küche stand ein elektrischer Herd – man merkte, dass der Eigentümer eingezogen war. Der große Saal war blitzblank. Auf einem langen Tisch lagen Bauzeichnungen.

„Und dort hinten in dem Wandschrank war damals das Falschgeld ...", erzählte Hanni gerade, als Hubers aus dem Saal kamen. Erna wollte endlich das Versteck sehen. Bei dieser

Gelegenheit erfuhr sie, dass Jürgen und Peter dem Gauner hier aufgelauert hatten.

„Euer Glück, dass ihr nicht mitgegangen seid", sagte sie zu den Zwillingen.

„Aber ich denke ...", fing Bobby gerade an, da trat Jenny ihr mit aller Kraft auf den Fuß. Der Wachtmeister und die Zwillinge machten ihr beschwörende Zeichen zu schweigen. Bobby begriff: Erna durfte nichts davon erfahren.

„Eurem Wachtmeister habe ich ja geglaubt", sagte Carlotta abends. „Sonst hätte ich gedacht, dass ihr geschwindelt habt."

„Ihr müsst den anderen in Lindenhof erzählen, dass alles stimmt, was wir gesagt haben. Ich glaube, unser Vater hat Fotos gemacht, dann können wir es beweisen", verlangte Nanni.

Die anderen versprachen es.

Dann führten die Zwillinge alle in den Weinkeller, wo sie den Ring gefunden hatten, und erklärten genau, wie sie alle Spalten und Fächer nach dem kostbaren Stück abgetastet hatten.

Zum Schluss wanderten die Kinder zum Badehaus. Das war verändert – „verjüngt", sagte Nanni. Helle Möbel, bunte Vorhänge, ein neuer Liegestuhl. Dort lag eine Sonnenbrille, da hing ein feuchtes Frotteetuch. Es war deutlich: Das Badehaus wurde wieder benutzt. Auch die Bretter vom Baumhaus hingen nicht mehr lose. Carlotta saß mit einem Mal oben und winkte herunter.

„Ob unser Krokodil noch herumschwimmt?", rief Hanni gerade.

Da hörten sie Herrn Lohses Stimme: „Na, Peter und Jürgen, entdeckt ihr mitten im Teich einen alten Bekannten?" Wahrhaftig, da schwamm das Krokodil! Ein bisschen dünner war es geworden, weil Luft entwichen war. Aber es nickte wieder lebhaft, als Peter mit einem Stein für Wellen im Wasser sorgte.

„Ich habe es im Wasser gelassen", sagte Herr Lohse. „Was haltet ihr von einer Kahnfahrt? Dort hinten liegen zwei Kähne – funkelnagelneue! Das alte, morsche Boot habe ich an Land gezogen. Vielleicht pflanze ich im Frühjahr Blumen hinein."

Bootfahren – großartig! Herr Lohse und Wolfgang stiegen mit Jenny und den Zwillingen in einen Kahn, Peter und Jürgen mit den drei anderen Mädchen in den nächsten. Unter lautem Hallo holte Peter das Ungeheuer vom Geistersee in sein Boot.

„Mal sehen, ob es den Winter im Badehaus übersteht", meinte Herr Lohse später und packte es in ein Regal. Dann gingen sie zu den anderen Gästen zurück.

Im Saal wurde getanzt. Die Kapelle saß im Freien und manche Leute tanzten auch draußen. Es dämmerte und mit einem

Schlag brannten die vielen bunten Glühbirnen. Der alte Kunze ging herum und zündete die Kerzen in den Lampions an. An zwei Stellen waren plötzlich Tische mit allen möglichen Leckereien aufgebaut, wo jeder sich nach seinem Geschmack etwas zum Essen aussuchen konnte.

Nach einer Weile waren die sechs Mädchen verschwunden, die alte Lene ebenfalls, nachdem sie vorher noch lange mit dem alten Kunze gesprochen hatte.

Als sie wieder auftauchte, gab sie ihm ein Zeichen: Alle Glühbirnen erloschen, nur die Lampions mit ihrem Dämmerlicht schaukelten zwischen den Bäumen. Ein breiter Lichtstrahl aus einer starken Jagdlaterne fiel auf die Eingangstür. Von dort kamen sechs sonderbare Gestalten gerannt: Sie waren in lange weiße Gewänder gehüllt – die alte Lene hatte dafür sämtliche fadenscheinigen Bettlaken herausgesucht. Sie trugen spitze Hüte, die ihnen übers Gesicht fielen und nur Augenschlitze hatten. In den Händen hielten sie Lichter. Sie tanzten ... und wie sie tanzten! Doris hatte sich plötzlich an ihren Clownstanz erinnert, den sie in Lindenhof schon ein paarmal zum Besten gegeben hatte. Ein bisschen davon hatte sie den anderen in aller Eile beigebracht: Sie hoppelten und stampften ganz närrisch herum. Dazu heulten sie schauerlich und alle begriffen: Das waren die Gespenster aus dem Geisterschloss, die ein letztes Mal umgingen.

Die Zuschauer lachten und klatschten, bis der Spuk zu Ende war.

Doch ehe die Lichter wieder angingen, gab es einen gewaltigen Krach und blendend hell stieg eine Rakete zum Nachthimmel empor. Das war die Überraschung von Peter und Jürgen, aber sie hatten nicht geahnt, dass sie so toll wirkte.

„Alle guten Geister", murmelte Erna und fasste ihren Klaus am Arm. Doch das Feuerwerk ging weiter und ihre Angst verschwand.

Der Bürgermeister stand in der Nähe und hatte ihren leisen Ausruf gehört. Als die letzten Funken am Himmel verglühten und das elektrische Licht wieder brannte, sagte er zum Schlossherrn: „Nun ist Ihr Haus eingeweiht, Herr Lohse! Mein Wunsch für Sie und uns als Ihre Nachbarn: dass alle guten Geister darin wohnen mögen! Gute Nacht!"

Das Fest war aus.

„Gute Nacht", wünschten sich eine Stunde später auch die Freundinnen, dann schliefen sie vergnügt in den Sonntag hinein.

Hanni & Nanni

Die Romanreihe zu den Kinohits

Die lustige Wette zwischen Hanni und Nanni und ihren Freundinnen geht so richtig schief: Die beiden werden verdächtigt, gestohlen zu haben. Sie fliegen von der Schule und landen im Internat Lindenhof. Während Nanni sich schnell mit den anderen Mädchen anfreundet, tut sich Hanni schwer. Erst als der Lindenhof in Gefahr gerät, wird den Schwestern klar, dass sie hierhergehören. Sie hecken einen mutigen Rettungsplan aus …

Das Buch zum Film 1
ISBN 978-3-505-12743-4

Jedes Buch enthält viele farbige Szenenfotos aus dem Film

Enid Blyton

Hanni und Nanni
je ca. 200 Seiten, gebunden
mit UV-Lackierung auf den Covern
Band 1: € 9,95 [D]
Band 2-3: € 9,99 [D]

www.schneiderbuch.de

Nach den Ferien kommen die Zwillinge gut gelaunt in Lindenhof an. Doch dort müssen sie sich nicht nur mit ihrer nervigen Cousine Elli herumschlagen, sondern auch noch eine falsche Prinzessin entlarven! Dabei sind die beiden eigentlich in großer Sorge um ihre Eltern, die mitten in einer Ehekrise stecken. Und als schließlich herauskommt, wer die echte Prinzessin ist, gilt es auch noch, eine Entführung zu vereiteln ...

Das Buch zum Film 2
ISBN 978-3-505-13015-1

Ganz Lindenhof erwartet aufgeregt die Ankunft einer Gruppe englischer Austauschschülerinnen. Doch die entpuppt sich als eine Busladung Jungs! Wo sie schon einmal da sind, sollen sie auch bei der bevorstehenden Schulaufführung von „Romeo und Julia“ mitmachen. Prompt verlieben sich Hanni und Nanni in den smarten Hauptdarsteller Clyde – und auch die Zicke Daniela hat ein Auge auf den aus England importierten Romeo geworfen. Die Theaterproben laufen immer mehr aus dem Ruder … Und als würde das nicht genügen, scheint auch noch ein Geist in dem alten Gemäuer sein Unwesen zu treiben!

Das Buch zum Film 3
ISBN 978-3-505-13190-5